공부 잘하는 아이, 독서 잘하는 아이로
어휘력 먼저 키워 주어야 합니다

공부 잘하고 책 잘 읽는 똑똑한 아이들에게는 공통점이 있습니다. 바로 그 아이들이 알고 있는 단어가 많다는 것입니다. 어휘력이 좋아서 책을 잘 읽는 것은 이해가 되는데, 어휘력이 좋아야 공부도 잘한다는 것은 설명이 좀 필요할 것 같습니다. 다음 말을 읽고 곰곰이 한번 생각해 보세요.

"사람은 자신이 아는 단어의 수만큼 생각하고 표현한다."
"하나의 단어를 아는 것은 그 단어를 둘러싸고 있는 세상을 아는 것이다."

이 말에 동의한다면 왜 어휘력이 좋아야 공부를 잘하는지 알 수 있을 것입니다. 공부는 세상을 이해하고 자신을 표현하는 일련의 과정이기 때문에, 어휘력을 키우면 세상을 이해하는 능력과 사고력이 자라서 공부를 잘하는 바탕이 마련됩니다.
예를 들어 볼까요? 두 아이가 있습니다. 한 아이는 '알리다'라는 낱말만 알고, 다른 아이는 '알리다' 외에 '안내하다', '보도하다', '선포하다', '폭로하다'라는 낱말도 알고 있습니다. 첫 번째 아이는 어떤 상황이든 '알리다'라고 뭉뚱그려 생각하고 표현합니다. 하지만 두 번째 아이는 길을 알려 줄 때는 '안내하다'라는 말을, 신문이나 TV에서 알려 줄 때는 '보도하다'라는 말을, 세상에 널리 알릴 때는 '선포하다'라는 말을 씁니다. 또 남이 피해를 입을 줄 알면서 알릴 때는 '폭로하다'라고 구분해서 말하겠지요. 이렇듯 낱말을 많이 알면, 보다 정확하게 이해하고 정교하게 표현할 수 있습니다.
〈세 마리 토끼 잡는 초등 어휘〉는 아이들의 어휘력을 키워 주려고 탄생했습니다. 아이들이 낱말을 재미있고 효율적으로 배울 뿐 아니라, 낯선 낱말을 만나도 그 뜻을 유추해 내도록 이끄는 것이 〈세 마리 토끼 잡는 초등 어휘〉의 목표입니다. 공부 잘하는 아이, 독서 잘하는 아이로 키우고 싶다면, 이 글을 읽는 순간 이미 목적지에 한 발 다가선 것입니다. 〈세 마리 토끼 잡는 초등 어휘〉가 공부 잘하는 아이, 독서 잘하는 아이로 책임지고 키워 드리겠습니다.

세마리 토끼 잡는 초등 어휘 는 어떤 책인가요?

1 한자어, 고유어, 영단어 세 마리 토끼를 잡아 어휘력을 통합적으로 키워 주는 책

〈세 마리 토끼 잡는 초등 어휘〉는 한자어와 고유어, 영단어 실력을 단단하게 만들어 주는 책입니다. 낱말 공부가 지루한 건, 낱말과 뜻을 1:1로 외우기 때문입니다. 이렇게 공부하면 낯선 낱말을 만났을 때 속뜻을 헤아리지 못해 낭패를 보지요. 〈세 마리 토끼 잡는 초등 어휘〉는 속뜻을 이해하면서 한자어를 공부하고, 이와 관련 있는 고유어와 영단어를 연결해서 공부하도록 이루어져 있습니다. 흩어져 있는 글자와 낱말들을 연결하면 보다 재미있게 공부하고 오래 기억할 수 있습니다.

2 한자가 아니라 '한자 활용 능력'을 키워 주는 책

많은 아이들이 '날 생(生)' 자는 알아도 '생명', '생계', '생산'의 뜻은 똑 부러지게 말하지 못합니다. 한자와 한자어를 따로따로 공부하기 때문이지요. 〈세 마리 토끼 잡는 초등 어휘〉는 한자를 중심으로 다양한 한자어를 공부하도록 구성하여 한자를 통해 낯설고 어려운 낱말의 속뜻도 짐작할 수 있는 '한자 활용 능력'을 키워 줍니다.

3 교과 지식과 독서·논술 실력을 키워 주는 책

〈세 마리 토끼 잡는 초등 어휘〉는 추상적인 낱말과 개념어를 잡아 주는 책입니다. 고학년이 되면 '사고방식', '민주주의' 같은 추상적인 낱말과 개념어를 자주 듣게 됩니다. 이런 어려운 낱말은 아이들의 책 읽기를 방해하고 공부에 대한 흥미를 잃게 하지요. 하지만 〈세 마리 토끼 잡는 초등 어휘〉로 공부하면 낱말과 지식을 함께 익힐 수 있어서, 교과 공부는 물론이고 독서와 논술을 위한 기초 체력도 기를 수 있습니다.

3

세 마리 토끼 잡는 초등 어휘 는 어떻게 이루어져 있나요?

1 전체 구성

〈세 마리 토끼 잡는 초등 어휘〉는 다섯 단계(총 18권)로 이루어져 있습니다.

단계	P단계	A단계	B단계	C단계	D단계
대상 학년	유아~초등 1년	초등 1~2년	초등 2~3년	초등 3~4년	초등 5~6년
권 수	3권	4권	4권	4권	3권

2 권 구성

〈세 마리 토끼 잡는 초등 어휘〉 한 권은 내용에 따라 PART1, PART2, PART3으로 나누어져 있습니다.

PART1 핵심 한자로 배우는 기본 어휘(2주 분량)

10개의 핵심 한자를 중심으로 한자어와 고유어, 영단어를 익히는 곳입니다. 한자는 단계에 맞는 급수와 아이들이 자주 듣는 낱말이나 교과 연계성을 고려해 선별하였습니다. 한자와 낱말은 한눈에 들어오게 어휘망으로 구성하였고, 다양한 활동을 통해 낱말의 뜻을 익힐 수 있게 꾸렸습니다. 또한 교과 관련 낱말을 별도로 구성해서 교과 지식도 함께 쌓을 수 있습니다.

단계별 구성(P단계에서 D단계로 갈수록 핵심 한자와 낱말의 난이도가 높아지고, 낱말 수도 많아집니다.)

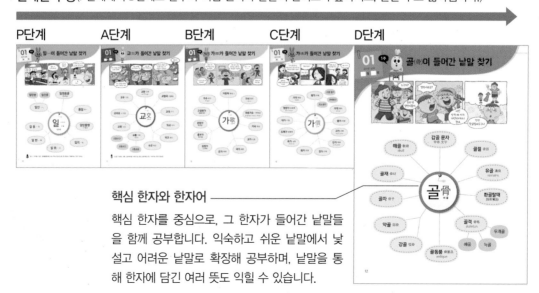

핵심 한자와 한자어 ————

핵심 한자를 중심으로, 그 한자가 들어간 낱말들을 함께 공부합니다. 익숙하고 쉬운 낱말에서 낯설고 어려운 낱말로 확장해 공부하며, 낱말을 통해 한자에 담긴 여러 뜻도 익힐 수 있습니다.

PART 2 뜻을 비교하며 배우는 관계 어휘(1주 분량)

관계가 있는 여러 낱말들을 연결해서 공부하는 곳입니다. '輕(가벼울 경)', '重(무거울 중)' 같은 상대되는 한자나, '동물', '종교' 등 하나의 주제를 중심으로 관련 있는 낱말들을 모아서 익힐 수 있습니다.

상대어로 배우는 한자어

상대되는 한자를 중심으로 상대어들을 함께 묶어 공부합니다. 상대어를 통해 어휘 감각과 논리력을 키울 수 있습니다.

주제로 배우는 한자어

음식, 교통, 방송, 학교 등 하나의 주제와 관련 있는 낱말을 모아서 공부합니다.

PART 3 소리를 비교하며 배우는 확장 어휘(1주 분량)

소리가 같거나 비슷해서 헷갈리는 낱말이나, 낱말 앞뒤에 붙는 접두사·접미사를 익히는 곳입니다. 비슷한말을 비교하면서 우리말을 좀 더 바르게 쓸 수 있습니다.

헷갈리는 말 살피기

'가르치다/가리키다', '～던지/～든지'처럼 헷갈리는 말이나 흉내 내는 말을 모아 뜻과 쓰임을 비교합니다.

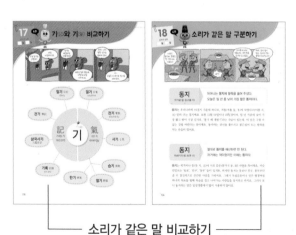

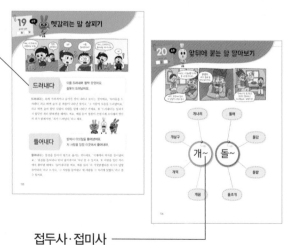

소리가 같은 말 비교하기

소리가 같은 한자를 중심으로, 소리는 같지만 뜻이 다른 동음이의어를 공부합니다.

접두사·접미사

'～장이/～쟁이'처럼 낱말 앞뒤에 붙어 새로운 뜻을 더하는 접두사·접미사를 배웁니다.

세 마리 토끼 잡는 초등 어휘 1일 학습은 **어떻게** 짜여 있나요?

어휘망

어휘망은 핵심 한자나 글자, 주제를 중심으로 쓰임이 많은 낱말을 모아 놓은 마인드맵입니다. 한자의 훈음과 관련 낱말들을 익히면, 한자를 이용해 낱말들의 속뜻을 짐작할 수 있습니다.

먼저 확인해 보기

미로 찾기, 십자말풀이, 색칠하기 등 다양한 활동을 하며 낱말의 뜻을 정확히 알고 있는지 확인할 수 있습니다.

익숙한 말 살피기

낱말을 아이들 눈높이에 맞춰 한자로 풀어 설명합니다. 한자와 뜻을 연결해 공부하면서 한자를 이용한 속뜻 짐작 능력을 키울 수 있습니다.

교과서 말 살피기

교과 내용을 낱말 중심으로 되짚어 봅니다. 확장된 지식과 낱말 상식 등을 함께 공부할 수 있습니다.

특별 구성

★ '주제로 배우는 한자어'는 동물, 학교, 수 등 주제를 중심으로 관련 어휘를 확장해서 공부합니다.

┌ 속뜻 짐작 능력 테스트
앞에서 배운 내용을 잘 이해했는지 확인하고, 핵심 한자를
활용해 낯설거나 어려운 낱말의 뜻을 스스로 짐작해 봅니다.

어휘망 넓히기
관련 있는 영단어와 새말 등을
확장해서 공부할 수 있습니다.
QR 코드를 찍으면 영어 발음을
듣고 배울 수 있습니다.

재미있는 우리말 유래 / 이야기

┌ 재미있는 우리말 유래/이야기
한 주 학습을 마치면, 우리말 유래나 우리
말에 얽힌 이야기를 소개하는 재미있는 만
화가 기다리고 있습니다.

★ '헷갈리는 말 살피기'는 소리가 비슷한 낱말들을 비교할 수 있게 구성하였습니다.

세 마리 토끼 잡는 초등 어휘 이렇게 공부해요

1 매일매일 꾸준히 공부해요

〈세 마리 토끼 잡는 초등 어휘〉는 매일 6쪽씩 꾸준히 공부하는 책이에요. 재미있는 활동과 만화가 있어서 지루하지 않게 공부할 수 있지요. 공부가 끝나면 '○주 ○일 학습 끝!' 붙임 딱지를 붙이고, QR 코드를 이용해 영어 발음도 들어 보세요.

2 또 다른 낱말도 찾아보아요

하루 공부를 마치고 나면, 인터넷 사전에서 그날의 한자가 들어간 다른 낱말들을 찾아보세요. 아마 '어머, 이 한자가 이 낱말에 들어가?', '이 낱말이 이런 뜻이었구나.'라고 깨달으며 새로운 즐거움에 빠질 거예요. 새로 알게 된 낱말들로 나만의 어휘망을 만들면 더욱 도움이 될 거예요.

3 보고 또 봐요

〈세 마리 토끼 잡는 초등 어휘〉는 PART1에 나온 한자가 PART2나 PART3에도 등장해요. 보고 또 보아야 기억이 나고, 비교하고 또 비교해야 정확히 알 수 있기 때문이지요. 책을 다 본 뒤에도 심심할 때 꺼내 보며 낱말들을 내 것으로 만들어 보세요.

한 주 학습표	월	화	수	목	금	토
	매일 6쪽씩 학습하고, '○주 ○일 학습 끝!' 붙임 딱지 붙이기					주요 내용 복습하기

세마리 토끼잡는 초등 어휘

D단계 1권

주	일차	단계		공부할 내용	교과 연계 내용
1주	1	PART1 (기본 어휘)		골(骨)	[과학 5-2] 우리 몸속 뼈의 생김새와 하는 일 알기
	2			기(機)	[사회 6-2] 국제기구가 하는 일 알아보기
	3			상(常)	[사회 5-2] 조선 시대의 신분 제도 알아보기 [사회 6-1] 조선 후기에 발달한 장시와 상인 알아보기
	4			접(接)	[사회 6-1] 민주화를 위한 시민들의 노력 알아보기 [사회 6-2] 국민의 권리와 의무 알아보기
	5			의(意)	[과학 5-2] 날씨가 사람에게 미치는 영향 알아보기
2주	6			제(制)	[사회 6-1] 국민의 복지 향상을 위한 노력 알아보기 [사회 6-2] 인권이 존중되는 사회를 위한 노력 알아보기
	7			수(修)	[사회 5-1] 우리나라 지형의 특징 알아보기
	8			정(情)	[사회 5-2] 유교가 조선 사회에 미친 영향 알아보기
	9			점(點)	[과학 6-1] 렌즈가 이용된 기구의 기능과 렌즈의 종류 알기
	10			현(現)	[미술 6] 미술 재료와 다양한 표현 기법 알아보기
3주	11	PART2 (관계 어휘)	상대어	말초(末初)	[과학 5-2] 우리 몸이 자극에 대해 반응하는 과정 알아보기
	12			노사(勞使)	[사회 5-1] 노사 갈등 문제를 해결하기 위한 노력 알아보기
	13			득실(得失)	[사회 5-1] 빈부 격차를 해결하기 위한 노력 알아보기
	14		주제어	산업(産業)	[사회 5-1] 산업의 의미와 종류를 알고, 우리의 산업 발달 과정 살피기
	15			직업(職業)	[사회 6-2] 미래의 다양한 직업 알아보기
4주	16	PART3 (확장 어휘)	동음이의 한자	노(勞/老/路)	[사회 5-1] 우리나라의 인구 성장과 인구 구성에 대해 알기 [사회 6-1] 고령화 사회의 뜻과 문제점 알아보기
	17			정(定/正/政)	[사회 6-2] 정부 기관의 구조와 기능 파악하기
	18		소리가 같은 말	의사(醫師/義士/意思) 우수(優秀/憂愁) 사고(事故/思考) 악수(握手/惡手)	[국어 5-1] 상황에 알맞은 낱말 사용하기 / 낱말의 뜻을 파악하는 방법 알기
	19		헷갈리는 말	지향(志向)/지양(止揚) 무난(無難)/문안(問安) 혼동(混同)/혼돈(混沌)	[국어 5-2] 틀리기 쉬운 낱말을 바르게 발음하고 표기하는 방법 알기
	20		접두사/ 접미사	헛~	[국어 5-1] 작품 속에 나타난 인물의 행동으로 생각 짐작해 보기

contents

PART 1

PART1에서는 핵심 한자를 중심으로
우리말과 영어 단어, 교과 관련 낱말 들을 공부해요.

골(骨)이 들어간 낱말 찾기

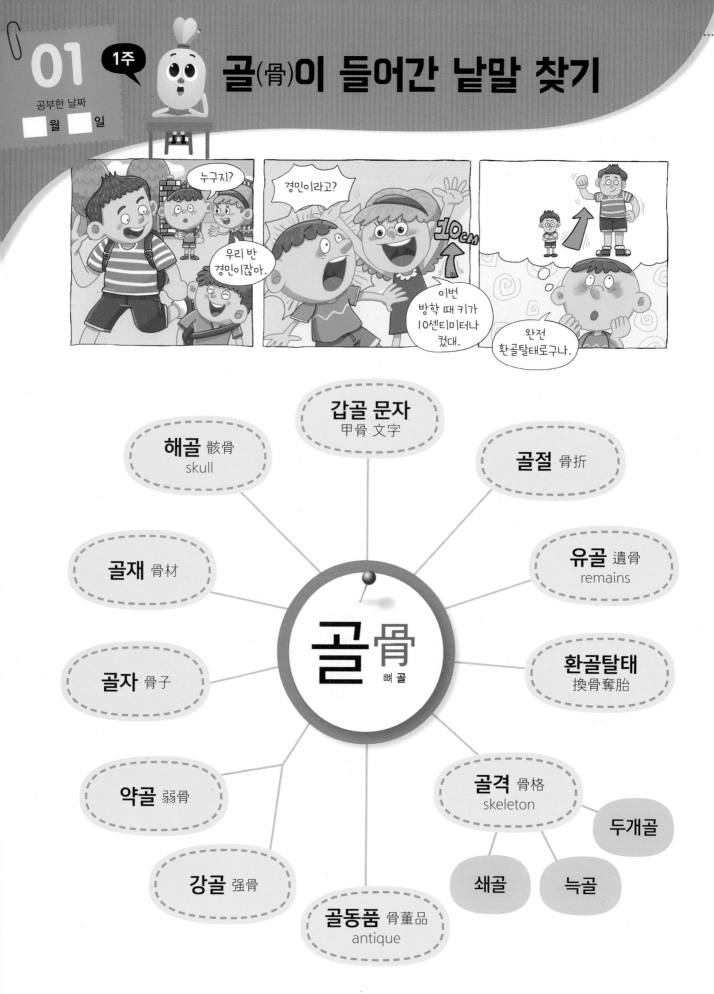

먼저 **확인해** 보기

1 고고학자가 유물을 발굴하고 있어요. 표지판을 따라가며, 설명에 알맞은 낱말을
초성 힌트를 참고해 써 보세요.

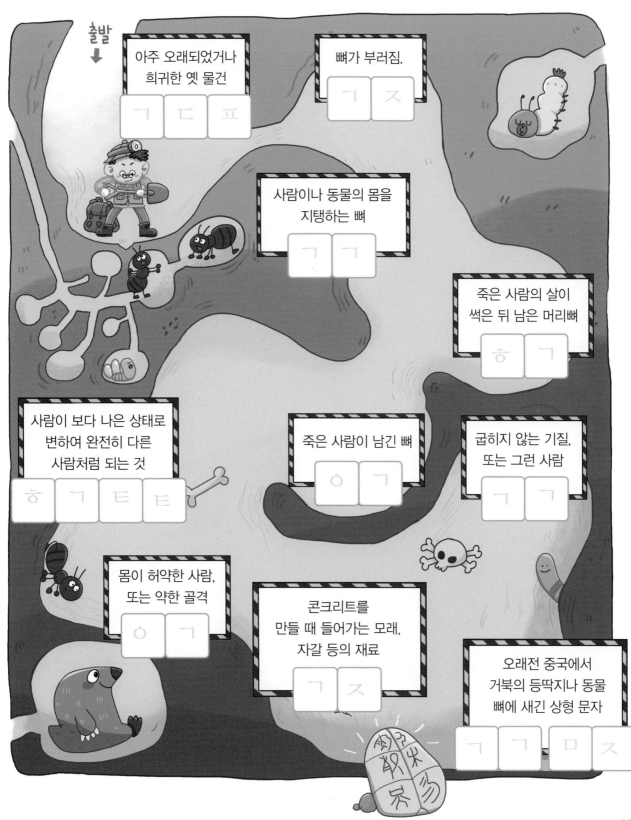

출발
↓

아주 오래되었거나
희귀한 옛 물건
ㄱ ㄷ ㅍ

뼈가 부러짐.
ㄱ ㅈ

사람이나 동물의 몸을
지탱하는 뼈
ㄱ ㄱ

죽은 사람의 살이
썩은 뒤 남은 머리뼈
ㅎ ㄱ

사람이 보다 나은 상태로
변하여 완전히 다른
사람처럼 되는 것
ㅎ ㄱ ㅌ ㅌ

죽은 사람이 남긴 뼈
ㅇ ㄱ

굽히지 않는 기질,
또는 그런 사람
ㄱ ㄱ

몸이 허약한 사람,
또는 약한 골격
ㅇ ㄱ

콘크리트를
만들 때 들어가는 모래,
자갈 등의 재료
ㄱ ㅈ

오래전 중국에서
거북의 등딱지나 동물
뼈에 새긴 상형 문자
ㄱ ㄱ ㅁ ㅈ

해골
骸(뼈 해) 骨(뼈 골)

죽은 사람의 살이 썩고 남은 머리뼈를 '뼈 해(骸)' 자와 '뼈 골(骨)' 자를 합쳐서 **해골**이라고 해요. 신라 시대에 원효 대사가 동굴에서 해골에 고인 물을 마신 후 깨달음을 얻었다는 유명한 이야기가 있지요.

갑골 문자
甲(껍질/갑옷 갑) 骨(뼈 골)
文(글월 문) 字(글자 자)

중국의 고대 국가인 상나라 때에는 거북의 등딱지(껍질/갑옷 갑, 甲)나 소의 뼈(뼈 골, 骨)에 사물의 모양을 본뜬 문자를 새겨 미래를 점쳤어요. 이것을 **갑골 문자**라고 해요.

골절
骨(뼈 골) 折(꺾을 절)

팔이나 다리에 석고 붕대를 한 사람을 본 적이 있나요? 뼈가 부러졌을 때 석고 붕대를 하지요. 뼈가 부러지는(꺾을 절, 折) 것을 **골절**이라고 해요. 반면 부러진 뼈를 이어(이을 접, 接) 맞추는 것을 '접골'이라고 하지요.

유골
遺(남길 유) 骨(뼈 골)

사람이 죽으면 모든 것이 썩어서 흙으로 돌아가지만 단단한 뼈는 남아요. 이 뼈를 '남길 유(遺)' 자를 써서 **유골**이라고 하지요. 비슷한말로 '유해'가 있어요.

환골탈태
換(바꿀 환) 骨(뼈 골)
奪(빼앗을 탈) 胎(아이 밸 태)

사람이나 물건의 모습이 완전히 변하여 달라진 것을 **환골탈태**라고 해요. 주로 보다 나은 방향으로 변할 때 쓰여요. '머리를 짧게 자르고 환골탈태했구나.'처럼 말하지요. '변신'과 바꿔 쓸 수 있어요.

골격
骨(뼈 골) 格(격식 격)

골격은 사람이나 동물의 체형을 이루고 몸을 지탱해 주는 뼈를 말해요. 그런데 뼈는 몸을 이루는 기본이기 때문에 어떤 사물이나 일을 계획할 때 기본이 되는 것도 비유적으로 골격이라고 표현하지요. '뼈대'라고도 해요.

골동품
骨(뼈 골) 董(감독할 동) 品(물건 품)

희귀한 옛날 가구나 예술품 등을 **골동품**이라고 해요. 골동품은 시대나 유행에 뒤떨어진 사람을 비유적으로 일컬을 때도 써요.

강골 / 약골
强(강할 강) 骨(뼈 골) 弱(약할 약)

강골은 단단하고(강할 강, 强) 굽히지 않는 기질이나 그런 기질을 가진 사람을 말해요. 반면 **약골**은 몸이 약한(약할 약, 弱) 사람을 가리키지요.

골자
骨(뼈 골) 子(아들 자)

골자는 말이나 일에서 중심이 되는 줄기를 뜻해요. '이번 정상 회담의 골자는 비핵화이다.', '내 이야기의 중요 골자는 자유이다.'처럼 쓸 수 있어요.

골재
骨(뼈 골) 材(재목 재)

도로나 건물을 만들 때 시멘트를 물에 개어 만든 콘크리트를 이용해요. 이때 콘크리트에 모래나 자갈 등을 섞어 강하게 만드는데, 이런 모래나 자갈 같은 재료(재목 재, 材)를 **골재**라고 해요.

우리 몸의 뼈

사람의 뼈를 그대로 보여 주는 인체 골격 모형을 본 적이 있나요? 뼈가 없으면 우리
는 제대로 서 있을 수도 없을 거예요. 뼈는 우리의 몸을 지탱해 주고 몸의 기관들을 보
호하는 중요한 일을 해요. 우리 몸속에 어떤 뼈들이 있는지 함께 알아볼까요?

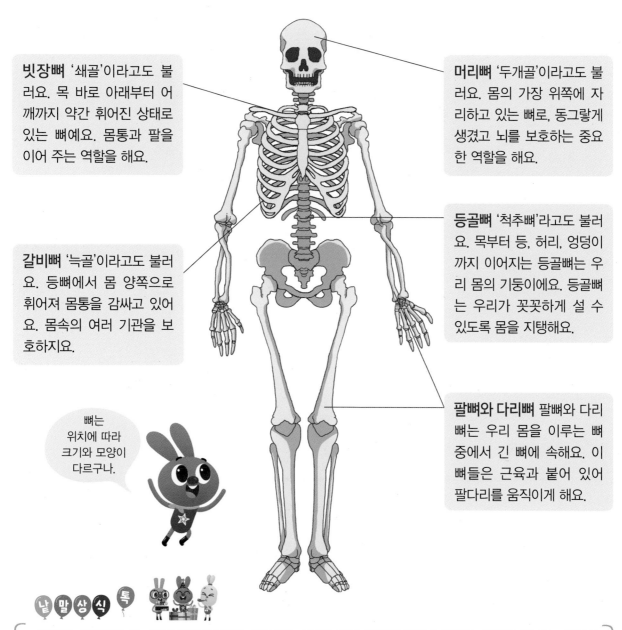

빗장뼈 '쇄골'이라고도 불러요. 목 바로 아래부터 어깨까지 약간 휘어진 상태로 있는 뼈예요. 몸통과 팔을 이어 주는 역할을 해요.

머리뼈 '두개골'이라고도 불러요. 몸의 가장 위쪽에 자리하고 있는 뼈로, 동그랗게 생겼고 뇌를 보호하는 중요한 역할을 해요.

갈비뼈 '늑골'이라고도 불러요. 등뼈에서 몸 양쪽으로 휘어져 몸통을 감싸고 있어요. 몸속의 여러 기관을 보호하지요.

등골뼈 '척추뼈'라고도 불러요. 목부터 등, 허리, 엉덩이까지 이어지는 등골뼈는 우리 몸의 기둥이에요. 등골뼈는 우리가 꼿꼿하게 설 수 있도록 몸을 지탱해요.

뼈는 위치에 따라 크기와 모양이 다르구나.

팔뼈와 다리뼈 팔뼈와 다리뼈는 우리 몸을 이루는 뼈 중에서 긴 뼈에 속해요. 이 뼈들은 근육과 붙어 있어 팔다리를 움직이게 해요.

낱말상식 톡

'등골이 오싹하다.'는 말을 들어 본 적이 있나요? 소름이 끼칠 정도로 매우 놀라거나 두려울 때 쓰는 말이지요. 그런데 여기서 '등골'은 고유어로, '등골뼈'를 뜻해요. '등골이 빠지다.'라는 말은 견디기 힘들 정도로 몹시 힘들다는 의미예요.

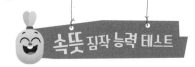
1 ( ) 안에서 알맞은 낱말을 골라 ○ 하세요.

① 할아버지의 (유골 / 강골)을 봉안당에 모셔 두었어요.

② 바다에서 무분별하게 (골재 / 해골)을/를 채취하면 바다 생태계가 파괴돼요.

③ 오랫동안 공터였던 이곳이 멋진 공원으로 (골자 / 환골탈태)했어요.

2 만화 속 밑줄 친 낱말의 '골(骨)' 자가 쓰이지 않은 것을 골라 보세요. ( )

① 그만 **골**내고 어서 와서 같이 밥 먹자.

② 타고난 **약골**인 형은 감기에 자주 걸린다.

③ 운동선수인 우리 아버지는 다른 사람보다 **골격**이 크다.

④ 지난 주말, 인사동에서 **골동품**을 구경했다.

3 속뜻 짐작 다음 설명에 알맞은 낱말을 찾아 ○ 하세요.

뼈가 약해져서 쉽게 부러지는 병을 알고 있나요? 이 병에 걸린 사람의 뼈 속을 보면 작은 구멍이 많이 나 있어요. 이 구멍들이 점점 커지면서 빈 공간이 많아지면 뼈가 약해지지요. 그래서 이 병에 '뼈에 구멍이 많은 증상'이라는 뜻의 이름이 붙었어요.

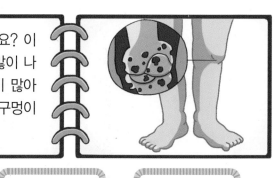

| 골반 | 골수염 | 골다공증 | 접골 |

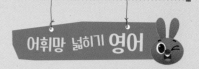

몸이 약한 사람을 '약골'이라고 하지요? 약골은 온갖 질병에 걸리기 쉬워요.
질병을 가리키는 말을 영어로 알아보아요.

disease

disease는 '질병, 질환'이라는 의미로 흔히 세균의 감염(infection)에 의한 질병을 나타내요. disease라는 말은 병의 상태가 심각하거나 신체 기관에 영향을 미칠 때 쓰인답니다. '병을 앓는다'는 suffer from a disease라고 하고, '병이 낫다, 병을 이겨 내다'는 overcome a disease라고 해요.

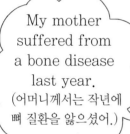

My mother suffered from a bone disease last year.
(어머니께서는 작년에 뼈 질환을 앓으셨어.)

That's too bad. Did she overcome it well?
(그것참, 안타깝네. 어머니께서 잘 이겨 내셨니?)

1주 1일 학습 끝!

붙임 딱지 붙여요.

ache

ache는 '통증'이란 뜻으로 몸이 아픈 느낌을 나타내요. 신체 기관을 나타내는 말에 붙어서 쓰이기도 하지요. 머리가 아픈 '두통'은 headache, 배가 아픈 '복통'은 stomachache라고 해요.

disorder

disorder는 '질환, 장애'라는 뜻이에요. 특정 신체 부위가 약해져 정상적으로 기능하지 못한다거나 정신적인 문제를 나타낼 때 많이 쓰여요.

a mental disorder (정신 질환)

a digestive disorder (소화 장애)

QR 찍고 발음 듣기

기(機)가 들어간 낱말 찾기

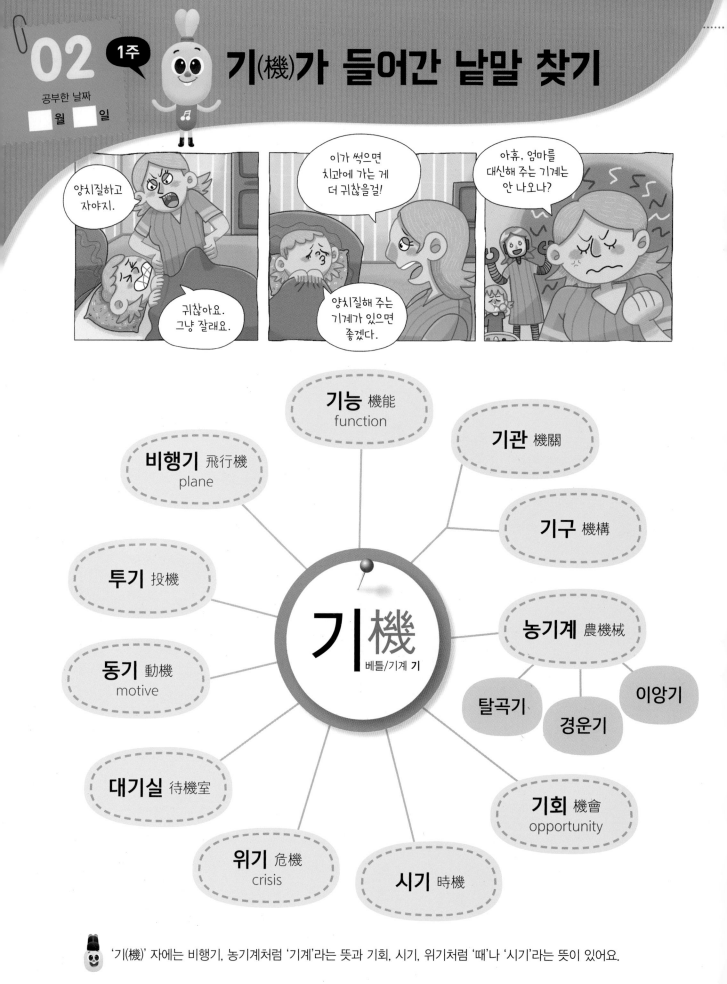

'기(機)' 자에는 비행기, 농기계처럼 '기계'라는 뜻과 기회, 시기, 위기처럼 '때'나 '시기'라는 뜻이 있어요.

1 십자말풀이의 빈칸에 알맞은 낱말을 써 보세요.

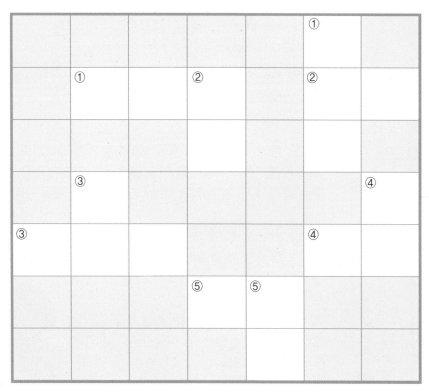

'기(機)' 자는 동력을 써서 움직이는 장치인 '기계'를 뜻해.

때나 시기를 나타내는 낱말에도 '기(機)' 자가 들어가지.

가로 열쇠

① 프로펠러를 돌리거나 가스를 뿜어내는 힘으로 하늘을 나는 기계

② 사물이 하는 일이나 작용, 어떤 단체가 하는 역할

③ 농사일에 쓰는 기계

④ 적당한 때나 기회  추수 ○○

⑤ 어떤 기회를 노려 큰 이익을 얻으려는 행위  부동산 ○○

세로 열쇠

① 어떤 일을 앞두고 기다리는 방

② 어떤 일을 하는 데 적절한 시기나 경우  절호의 ○○

③ 위험한 고비나 시기

④ 어떤 일이나 행동을 일으키는 계기  범행 ○○

⑤ 여러 사람이 모여 어떤 목적을 위해 구성한 조직  행정 ○○

비행기
飛(날 비) 行(다닐 행)
機(베틀/기계 기)

비행기는 프로펠러를 돌리거나 제트 엔진의 힘으로 하늘을 날아다니는 기계(베틀/기계 기, 機)를 말해요. '기(機)' 자는 천을 짜는 베틀의 모양을 본떠 만들었어요. 옛날에는 베틀이 대표적인 기계였지요.

기능
機(베틀/기계 기) 能(능할 능)

기능은 하는 일이나 작용, 혹은 어떤 단체가 하는 역할을 뜻해요. '컴퓨터 기능', '정부의 기능', '소화 기능'처럼 써요.

기관/기구
機(베틀/기계 기) 關(관계할/빗장 관)
構(얽을 구)

기관은 '증기 기관'처럼 물 등의 에너지를 기계 에너지로 바꾸는 장치, 또는 '교육 기관', '수사 기관'처럼 어떤 일을 해 나가고자 만든 조직을 뜻해요. 기구는 '국제기구', '정부 기구'처럼 나라나 사회를 위해 만든 조직이지요.

농기계
農(농사 농) 機(베틀/기계 기)
械(기계 계)

농사일(농사 농, 農)에 쓰이는 기계를 농기계라고 해요. 곡식에서 낟알을 떨어내는 '탈곡기', 땅을 갈아엎을 때 쓰는 '경운기', 모를 심을 때 쓰는 '이앙기' 등이 있어요.

기회
機(베틀/기계 기) 會(모일 회)

'기(機)' 자에는 '기회'나 '시기'라는 뜻도 있어요. 기회는 어떤 일을 하는 데 적절한 시기나 경우를 일컫는 말이에요.

시기
時(때 시) 機(베틀/기계 기)

시기는 적당한 때(때 시, 時)나 기회를 말해요. '기회'와 의미가 비슷하지만, 좀 더 시간적인 의미를 담고 있지요. '공부할 시기', '개나리꽃이 필 시기'처럼 때와 관련해서 많이 쓰여요.

위기
危(위태할 위) 機(베틀/기계 기)

위기는 위험한 고비나 시기를 뜻해요. '위기 상황', '위기를 넘기다.'처럼 쓰지요. 위기에 처한 것을 이르는 말로, '풍전등화'가 있어요. '바람 앞의 등불'이란 뜻으로, 몹시 위태로운 처지를 가리켜요.

대기실
待(기다릴 대) 機(베틀/기계 기)
室(집 실)

대기실은 회의, 출연 등을 하기 전에 때를 기다리는(기다릴 대, 待) 방(집 실, 室)을 가리켜요. 연예인들이 방송에 출연하기 전에 기다리는 방을 '출연자 대기실'이라고 하지요.

동기
動(움직일 동) 機(베틀/기계 기)

공부해야 할 동기가 생기면 공부를 열심히 하게 돼요. 동기는 어떤 일이나 행동을 일으키게(움직일 동, 動) 하는 계기를 말해요.

투기
投(던질 투) 機(베틀/기계 기)

투기는 어떤 기회를 틈타 큰 이익을 얻으려고 하는 것을 말해요. 투기 때문에 손해를 보거나 다른 사람에게 피해를 주는 경우도 있지요.

세계를 돌보는 국제기구

세계 여러 나라의 일들을 함께 해결하기 위해 두 나라 이상이 모여 만든 조직을 '국제 기관' 또는 '국제기구'라고 해요. 대표적인 국제기구에는 어떤 것이 있는지 살펴볼까요?

국제 연합(UN) 대표적인 국제기구로, 193개 국이 가입되어 있어요.(2011년 기준) 제2차 세계 대전 직후에 세계 평화와 안전을 지키기 위해 만들어졌지요. 정치, 경제, 사회, 문화 등 다양한 분야의 국제 협력을 목적으로 해요.

국제 연합 교육 과학 문화 기구(UNESCO) 보통 '유네스코'라고 불러요. 유네스코는 교육, 과학, 문화의 교류를 돕고 문화 발전이 뒤처진 곳을 지원해요. 세계의 자연 유산이나 문화유산을 지정하여 보호하는 일도 하지요.

유럽 연합(EU) 유럽의 나라들이 세계 시장에서 경쟁력을 높이기 위해 만들었어요. 회원 국끼리는 '유로'라는 화폐를 사용하고, '유럽 의회'와 '유럽 연합군'도 만들어서 정치와 외교, 방위 등을 함께 의논해 나가지요.

국제 올림픽 위원회(IOC) 국제 올림픽 대회를 운영하고 주관하는 국제기구로, 200개국이 넘는 나라가 가입되어 있어요. 하계 올림픽과 동계 올림픽의 개최지를 선정하고, 대회가 잘 열리도록 지원해요.

'연합'과 헷갈리기 쉬운 말로 '연맹'이 있어요. '연합'은 둘 이상의 사람이나 단체가 하나의 조직체를 만드는 일이에요. '연맹'은 같은 목적을 가진 국가나 단체가 서로 돕고 함께하기로 약속한 일이나 그런 조직체를 말하지요. 연합은 구속력을 가지지만, 연맹은 약속의 성격이 강해서 구속력이 약하다는 차이가 있답니다.

1 다음 대화의 빈칸에 들어갈 낱말은 무엇일까요? (   )

① 위기   ② 기능   ③ 동기   ④ 기관

2 밑줄 친 낱말에서 '기' 자의 의미가 다른 것을 골라 보세요. (   )

① 회의가 시작되기 전에 사람들은 **대기실**에 모였다.

② 나는 심사 위원에게 다시 한번 **기회**를 달라고 부탁했다.

③ **도자기**를 다룰 때에는 조심해야 한다.

④ 농사를 잘 지으려면 적절한 **시기**에 씨를 뿌려야 한다.

3 속뜻짐작 빈칸에 들어갈 낱말을 골라 선으로 이어 보세요.

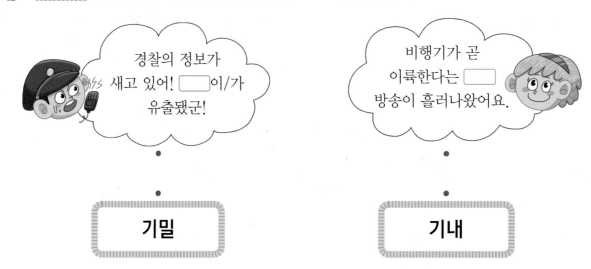

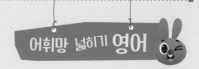

기계는 사람이 하기 힘든 일을 대신해 주는 편리한 도구예요.
집 안 곳곳에서 볼 수 있는 기계들을 영어로 무엇이라고 하는지 알아볼까요?

fan

'선풍기'는 부채처럼 바람을 일으키는 기계예요. 영어로는 fan이라고 하지요.

washer

'세탁기'를 영어로 washer라고 해요. 세탁한 빨래를 말려 주는 '건조기'는 dryer라고 하지요. 세탁기와 건조기가 합쳐진 기계는 washer and dryer in one이에요.

1주 2일
학습 끝!

붙임 딱지 붙여요.

refrigerator

음식을 신선하게 보관하는 '냉장고'를 영어로 refrigerator라고 해요. 간단하게 줄여서 fridge라고 하기도 하지요. '냉동고'는 freezer예요.

vacuum

집 안의 먼지를 깨끗하게 청소해 주는 '진공청소기'를 영어로 vacuum이라고 해요. 무언가를 빨아들인다는 뜻이에요. '청소기'를 vacuum cleaner라고도 해요.

QR 찍고 발음 듣기

상(常)이 들어간 낱말 찾기

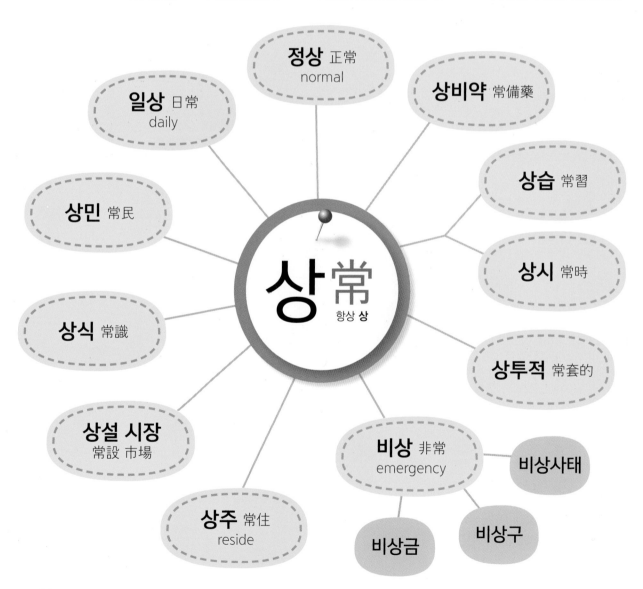

정상 正常 normal

상비약 常備藥

일상 日常 daily

상습 常褶

상민 常民

상시 常時

상常
항상 상

상식 常識

상투적 常套的

상설 시장
常設 市場

비상 非常
emergency

비상사태

상주 常住
reside

비상구

비상금

 '상(常)' 자에는 일상, 정상, 상비약처럼 '항상'이라는 뜻과 상식, 상민처럼 '보통'이라는 뜻이 있어요.

24

1 밑줄 친 부분에서 필요한 글자를 골라 빈칸에 써서 문장에 맞는 낱말을 만드세요.

예 예전에 양반이 아닌 일반 백성을 가리키는 말은 **시민구상**이에/예요.

상	민

특별한 변화나 문제없이 제대로인 상태를 **상정식주**(이)라고 해요.

병원이나 집에서 늘 준비해 두는 약을 **비상약장**(이)라고 해요.

날마다 반복되는 생활을 **일습정상**이라고 해요.

언제든 이용할 수 있도록 시설을 갖추어 둔 시장을 **주상명설** 시장이라고 해요.

사람이 일반적으로 알아야 할 지식을 **식일사상**(이)라고 해요.

늘 일정한 곳에 살고 있는 것을 **주정상명**(이)라고 해요.

늘 하는 버릇을 뜻하는 말은 **상습태정**이에/예요.

뜻밖의 급한 상태를 **투비현상**(이)라고 해요.

정해진 때가 없이 언제나를 뜻하는 말은 **구시비상**이에/예요.

늘 써서 버릇이 되다시피 한 것을 **장상주투**적이라고 해요.

사고 시에 대피할 수 있도록 마련한 출입구를 **비상설구**(이)라고 해요.

일상
日(날 일) 常(항상 상)

오늘 했던 일을 돌이켜 생각해 보세요. 아침에 일어나 밥을 먹고 세수를 하고 학교에 가서 공부를 했을 거예요. 이렇게 매일(날 일, 日) 반복되는(항상 상, 常) 생활을 **일상**이라고 하지요.

정상
正(바를 정) 常(항상 상)

눈이 많이 내리면 지하철 운행이 중단되기도 해요. 그때 복구 작업을 하면 다시 정상적으로 운행되지요. 이렇게 아무 변화나 문제없이 올바른(바를 정, 正) 상태를 **정상**이라고 해요. 반대의 경우는 '비정상'이라고 하지요.

상비약
常(항상 상) 備(갖출 비) 藥(약 약)

갑자기 배가 아프거나 열이 날 경우, 집에 있는 소화제나 해열제를 먹어요. 이처럼 병원이나 집에 늘 준비해 놓고(갖출 비, 備) 있는 약(약 약, 藥)을 **상비약**이라고 해요.

상습/상시
常(항상 상) 習(익힐 습) 時(때 시)

상습은 늘 하는 버릇을 뜻하고, **상시**는 특별한 일이 없는 보통 때를 뜻해요. 상시와 비슷한말로 '평상시', '늘', '항시'가 있지요.

상투적
常(항상 상) 套(덮개 투) 的(과녁 적)

너무 흔한 표현을 '상투적인 표현'이라고 해요. 여기서 **상투적**이라는 말은 늘 써서 버릇이 되다시피 한 것을 의미해요. 상투적 표현으로 글을 쓰면 누구나 자주 쓰기 때문에 글이 지루해져요.

비상
非(아닐 비) 常(항상 상)

예상치 못한 긴급한 상태를 '아닐 비(非)' 자를 써서 **비상**이라고 해요. 위급한 상황을 '비상사태', 그런 상황에서 몸을 피할 수 있도록 만든 출입구를 '비상구', 비상 상황에서 쓰기 위해 모아 둔 돈을 '비상금'이라고 해요.

상주
常(항상 상) 住(살 주)

상주는 항상 일정한 곳에 살고(살 주, 住) 있는 것을 말해요. 한곳에 주소를 두고 거주하는 인구를 '상주인구'라고 하지요.

상설 시장
常(항상 상) 設(베풀 설)
市(저자 시) 場(마당 장)

언제든지 이용할 수 있게 시설을 갖추어 둔 것을 '상설'이라고 해요. 따라서 **상설 시장**은 날마다 여는 시장을 뜻하지요. 한편 정해진 날짜에 열리는 시장은 '정기 시장'이라고 해요.

상식
常(항상 상) 識(알 식)

'상(常)' 자에는 '보통'이라는 뜻도 있어요. 그 시대 사람들이 널리 알고 있거나 알아야 할 지식(알 식, 識)을 **상식**이라고 해요. 상식을 풍부하게 하려면 무엇보다도 독서를 해야 해요.

상민
常(항상 상) 民(백성 민)

조선 시대에는 양인과 천민으로 신분이 나뉘어 있었어요. '양인'에는 양반, 중인, 상민이 있었고 '천민'에는 노비가 있었지요. 그중 **상민**은 보통 백성이란 뜻으로, 주로 농업에 종사했어요.

조선 시대의 신분 제도

조선은 엄격한 신분제 사회였어요. 신분은 크게 양반, 중인, 상민, 천민으로 나뉘었는데, 각 신분에 따라 사람들의 생활 모습이 크게 달랐지요. 그럼 신분에 따라 어떻게 생활했는지 알아볼까요?

양반 나라의 높은 관리가 될 수 있었고, 땅을 가지고 노비를 거느리며 살았어요. '양반'은 문반과 무반 양쪽을 일컫던 말이었는데, 점차 집안 전체를 가리키는 말이 되었어요.

중인 양반과 상민의 중간 계층으로, 관청에서 일하거나 의관이 되어 의술을 다루고, 역관이 되어 외국 사람의 말을 통역하는 등 전문적인 일을 했어요. 높은 관직에는 오를 수 없었어요.

상민 조선 시대 백성의 대부분을 차지한 상민은 주로 농민이 많았고, 물건을 파는 상인, 물건을 만드는 공인도 있었어요. 상민은 세금을 내고 군인이 되어 나라를 지키는 의무가 있었어요.

천민 가장 낮은 신분으로 대부분이 노비였어요. 나라에 지켜야 할 의무가 없는 대신 권리도 없었지요. 노비는 주인의 재산으로 여겨져서 주인 마음대로 사고팔거나 상속되었어요.

조선 시대에는 나라에서 허가를 받고 상점에서 물건을 파는 상인도 있었지만 지방을 돌아다니며 물건을 파는 보부상도 있었어요. '보부상'은 물건을 보자기에 싸서 다니는 봇짐장수인 '보상'과 지게에 지고 다니는 등짐장수인 '부상'을 합쳐 부르는 말이었어요.

1 밑줄 친 낱말의 뜻을 찾아 선으로 이어 보세요.

시를 잘 쓰려면 **상투적**인
표현을 쓰지 말아야 해.

늘 한곳에
살고 있음.

일상에서 벗어나
여행을 떠나고 싶어.

늘 써서 버릇이
되다시피 한 것

지진이 일어날 것에 대비해
비상식량을 준비해야 해.

날마다 반복되는
생활

그 섬에 **상주**하는 사람은
약 100명이야.

뜻밖의 급한 상태

2 (   ) 안에서 알맞은 낱말을 골라 ○ 하세요.

① 밤에 갑자기 열이 났는데, 다행히 집에 (비상금 / 상비약)이 있어서 먹었어.

② 경찰관은 언제 일어날지 모르는 사고에 대비해 (상시 / 상습) 대기를 해.

③ 그 사람은 (정상 / 상식)이 풍부해서 대화를 하다 보면 많은 걸 배울 수 있어.

3 속뜻짐작 사진을 보고 설명하는 낱말을 골라 ○ 하세요.

계절에 관계없이 잎이
항상 초록색을 띠는 나무를
말해요. 소나무, 잣나무
등이 여기에 속하지요.

| 상온 | 상록수 | 상태 | 상용 |

'항상, 주로, 가끔' 등은 어떤 일의 빈도(빈번한 정도)를 나타내는 표현이에요.
빈도 표현을 영어로는 어떻게 하는지 함께 살펴보아요.

I **always** wake up at 7 in the morning.
(나는 항상 아침 7시에 일어나.)

My father **usually** drives me to school.
(아버지는 대부분 나를 학교에 태워다 주셔.)

100%	always	항상
80%	usually	주로, 대부분
40%	sometimes	가끔, 때때로
20%	rarely	(거의 안 하지만) 가끔
0%	never	절대로 (안 하는)

I **sometimes** visit my friend's
home after school.
(나는 가끔 방과 후에 친구 집에 가.)

1주 3일
학습 끝!

붙임 딱지 붙여요.

I **never** lie to my friend.
(나는 내 친구에게 절대 거짓말을 안 해.)

I **rarely** catch a cold.
(나는 감기에 거의 걸리지 않아.)

QR 찍고 발음 듣기

접(接)이 들어간 낱말 찾기

접촉 接觸 contact

접근 接近 approach

접수 接受

접종 接種

용접 鎔接

접착제 接着劑

접전 接戰 close game

접**接** 이을 접

직접 直接 directly

접사 接辭

간접 間接 indirectly

접두사

접미사

면접 面接 interview

1 설명을 읽고 '예'와 '아니오' 가운데 알맞은 화살표를 따라가면서, 화살표 옆에 있는 글자를 아래의 빈칸에 순서대로 써 보세요.

⟶ 예 ⟶ 아니오

출발
가까이 다가가는 것을 **접속**이라고 해요.

너

서로 맞닿아 있는 것을 **접촉**이라고 해요.

우

경기에서 서로 맞부딪쳐 싸우는 것을 **접전**이라고 해요.

리

가

나

는

래

말이나 글로 신청을 받는 것을 **접수**라고 해요.

는

두 물체를 서로 붙이는 데 쓰는 물질을 **추첨제**라고 해요.

누

무언가가 중간에서 이어 주는 관계를 **직접**이라고 해요.

구

니

랑

책

어

이

두 개의 쇠붙이를 녹여 이어 붙이는 것을 **접대**라고 해요.

놀

얼굴을 마주 보고 만나는 것을 **면접**이라고 해요.

휘

질병 예방을 위해 병원균을 몸에 넣는 것을 **접종**이라고 해요.

천

재

사

자

치

다른 낱말에 붙어 사용되는 말을 **접사**라고 해요.

접근
接(이을 접) 近(가까울 근)

접근은 가까이(가까울 근, 近) 다가가는 거예요. '민간인의 접근을 금지합니다.'처럼 써요. 비슷한말로 '근접'이 있어요. 한편 어떤 지역이나 시설에 접근할 수 있는 정도를 '접근성'이라고 해요. 교통이 좋으면 접근성이 높아요.

접촉
接(이을 접) 觸(닿을 촉)

축구는 발로 하는 경기예요. 공에 손이나 팔이 닿아도 되는 선수는 골키퍼뿐이지요. 이처럼 둘 이상이 서로 닿는 것을 접촉이라고 해요.

접수
接(이을 접) 受(받을 수)

병원이나 은행에 가면 접수를 하는 곳이 있지요? 접수는 신청이나 신고를 말이나 글로 받는 것을 뜻해요.

접종
接(이을 접) 種(씨 종)

접종은 질병을 예방하기 위해 우리 몸에 병을 일으키는 병원균을 약화시켜 집어넣는 거예요. 그러면 나중에 강한 병원균이 들어왔을 때 싸워 이길 수 있는 힘이 생기거든요.

접착제
接(이을 접) 着(붙을 착)
劑(약 지을 제)

도화지에 색종이를 붙일 때 풀을 사용하지요? 이때 풀이 바로 접착제예요. 풀과 같은 접착제는 둘 이상의 물체를 서로 붙일 때 쓰는 물질이지요. 접착제마다 달라붙는 힘인 '접착력'이 달라요.

직접/간접
直(곧을 직) 接(이을 접) 間(사이 간)

직접은 중간에 무엇이 끼어들지 않고 바로 연결되는 것을 말해요. 간접은 중간에 무엇이 끼어들어 그를 통해 이어지는 것이에요. 담배를 피우는 것은 '직접 흡연', 다른 사람이 피운 담배 연기를 맡는 것은 '간접 흡연'이에요.

면접
面(낯 면) 接(이을 접)

면접은 만나서 서로 얼굴(낯 면, 面)을 마주 대하는 거예요. 대학에 입학하거나 회사에 들어가기 위해 치르는 시험 중에 시험관과 마주 보고 말과 행동을 평가하는 시험이 있어요. 이를 '면접시험'이라고 하지요.

접사
接(이을 접) 辭(말씀 사)

접사는 단독으로 쓰이지 않고 항상 다른 낱말에 붙어서 쓰이는 말이에요. 접사가 앞에 붙으면 '머리 두(頭)' 자를 써서 '접두사', 뒤에 붙으면 '꼬리 미(尾)' 자를 써서 '접미사'라고 해요.

접전
接(이을 접) 戰(싸움 전)

접전은 경기나 전투에서 서로 맞붙는다는 뜻이에요. 운동 경기에서 두 팀의 실력이 서로 비슷하여 승부가 쉽게 나지 않는 상황을 말할 때 '접전이다'라고 해요.

용접
鎔(녹일 용) 接(이을 접)

얼굴에 두꺼운 마스크를 쓰고 불꽃을 튀기며 일하는 모습을 본 적이 있나요? 용접은 쇠붙이나 유리 등을 뜨거운 불로 녹여 서로 이어 붙이는 일이에요.

직접 선거와 간접 선거

선거는 나의 뜻을 대신해 줄 대표를 뽑는 일이지요. 그래서 선거를 '민주주의의 꽃'이라고 불러요. 고대 그리스에서는 시민들 모두가 중요한 일을 직접 결정했어요. 하지만 오늘날 대부분의 민주주의 국가에서는 대표를 뽑아서 정치를 맡겨요. 이를 가리켜, 누군가 나를 대신해 정치에 참여한다고 해서 '대의 정치' 혹은 '간접 민주 정치'라고 불러요. 그러면 대표를 뽑는 선거 방법인 '직접 선거'와 '간접 선거'에 대해 알아볼까요?

직접 선거 선거권을 가진 선거인이 직접 투표해서 대표를 뽑는 선거를 말해요. 지금 우리나라는 직접 선거로 대통령을 뽑고 있어요. 하지만 우리나라 최초의 대통령 선거는 간접 선거로, 국회 의원이 대통령을 뽑았어요. 이후 잠깐 직접 선거제로 바뀌었다가 박정희 대통령 때 다시 간접 선거로 바뀌었지요. 그러다 1987년 국민들의 요구로 다시 직접 선거로 바뀌었어요.

선거인   직접 투표   대표 선출

간접 선거 선거권을 가진 선거인에 의해 선출된 중간 선거인이 대표를 뽑는 선거를 말해요. 우선 중간 선거인을 뽑고, 그 중간 선거인이 대표자를 뽑는 것이지요. 대표적인 간접 선거로는 미국의 대통령 선거가 있어요. 각 정당의 대통령 후보가 결정되면 선거인이 대통령 선거인단을 뽑아 그들의 투표로 다음 대통령이 결정되지요.

선거인   선거인 투표   중간 선거인 선출   중간 선거인 투표   대표 선출

낱말상식톡

학급 회장부터 국회 의원, 대통령까지 우리는 직접 선거로 대표자를 뽑고 있어요. 선거를 할 때 자신이 지지하는 후보자에게 표를 던지는(던질 투, 投) 것을 '투표'라고 해요. 투표는 선거 외에 특정 일에 대해 찬성과 반대 의견을 나타낼 때에도 진행하는데, 이를 '국민 투표'라고 해요.

1 밑줄 친 낱말의 뜻을 찾아 선으로 이어 보세요.

지난 경기에서 우리 팀은 **접전**을 펼쳤지만 아쉽게 지고 말았어.	둘 이상이 서로 맞닿는 것
시험관 앞에만 서면 너무 떨려서 **면접**시험이 두려워.	경기에서 서로 맞부딪쳐 싸우는 것
이 물질은 독성이 매우 강해서 **접촉**하는 것만으로도 위험해.	얼굴을 마주 보고 만나는 것

2 빈칸에 들어갈 낱말을 찾아 (   ) 안에 번호를 써 보세요.

(1) 병원에 가서 독감 예방 (   )을/를 할 예정이야.

(2) 꾸물거리다가 원서 (   ) 마감 시간에 늦었어.

(3) 친구를 놀라게 해 주려고 조용히 (   )했지만 들켜 버렸어.

(4) 전화를 하는 것보다 네가 (   ) 찾아가 보는 게 좋겠구나.

① 접근   ② 접수   ③ 접종   ④ 직접   ⑤ 접사

3 속뜻짐작 대화를 읽고, 빈칸에 들어갈 낱말을 골라 ○ 하세요.

접지	접점	인접	접합

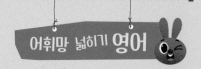
우리가 자주 사용하는 학용품 중에 '접착'과 관련된 물건들을
영어 단어로 알아볼까요?

glue

glue는 '접착제'예요. 우리가 bond라고 부
르는 접착제도 영어로는 glue라고 하지요.
또 다른 말로 adhesive, paste라고도 해요.

glue stick

glue stick은 말 그대로 '막대 모양의 풀'이
에요. 우리가 흔히 쓰는 고체 형태의 풀을
말해요. 풀 중에서 투명한 색의 '순간접착
제'는 superglue라고 해요.

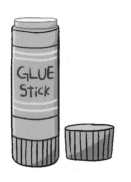

I주 4일
학습 끝!

붙임 딱지 붙여요.

tape

tape는 물건을 묶을 때 쓰는 '끈'이라는 뜻
도 있고, 우리가 많이 쓰는 '접착테이프'의
의미도 있어요. 그중 투명한 접착용 셀로판
테이프를 '스카치테이프(Scotch tape)'라
고 해요.

Post-it

Post-it은 우리말로도 '포스트잇'이라고 불
러요. 일상생활에서 많이 쓰는 메모지로, 쉽
게 접착하고 뗄 수 있어요.

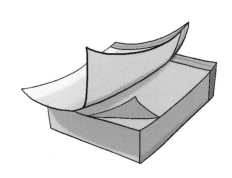

QR 찍고 발음 듣기

의(意)가 들어간 낱말 찾기

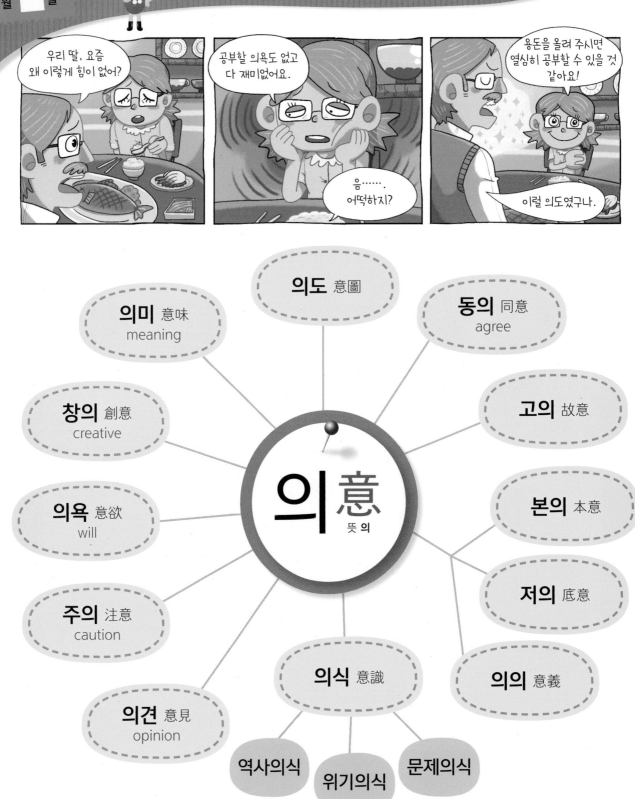

'의(意)' 자에는 의미, 의도, 동의처럼 '뜻'이라는 뜻과 의욕처럼 '마음'이라는 뜻,
창의처럼 '의견'이라는 뜻이 있어요.

1 쪽지의 일부분을 애벌레가 갉아 먹었어요. 애벌레가 갉아 먹은 부분에 알맞은 낱말을 오른쪽 낱말들에서 골라 ○ 하세요.

어렵고 힘들 때에는 혼자 고민하지 말고 부모님께 ( )을/를 구하렴.	의무 / 의견 / 의지
공부하려는 ( )이/가 넘치다 보면 계획을 무리하게 세우기 쉽지.	의욕 / 의의 / 의상
이 책을 읽어 보면 가족의 진정한 ( )를 알게 될 거야.	의사 / 의도 / 의미
바닥이 젖어서 미끄러지기 쉬우니 ( )하세요.	호의 / 주의 / 열의
질문의 ( )를 파악하는 것이 면접 성공의 지름길이에요.	의도 / 의회 / 의리
엄마는 게임 시간을 더 늘려야 한다는 네 의견에 ( )할 수 없어.	이의 / 민의 / 동의
( )적인 사람들은 본래 관찰하는 것을 좋아하며 호기심이 많지.	합의 / 창의 / 중의
평소 학교에서 화재 대피 훈련을 해서 안전에 대한 ( )을 높일 수 있었지.	의식 / 의중 / 의결
( )로 교통사고를 내어 보험금을 챙기는 사람들이 있어서 문제야.	임의 / 고의 / 타의
오늘 친구와 놀다가 ( ) 아니게 싸우고 말았어.	적의 / 실의 / 본의

의미
意(뜻 의) 味(맛 미)

'이 영어 단어의 의미가 뭘까?'라고 할 때 **의미**는 어떤 말이나 글이 나타내는 뜻을 가리켜요. 또한 '시간을 의미 있게 보내라.'라고 할 때에는 '의미'가 중요한 가치를 말해요.

의도
意(뜻 의) 圖(그림 도)

무엇을 하고자 하는 생각이나 계획을 **의도**라고 해요. '의도는 좋았지만, 결과가 나쁘다.', '기획 의도'처럼 써요. 의도와 같은 말로는 고유어인 '본뜻'이 있고, 비슷한말로는 '의지', '뜻'이 있어요.

동의
同(한가지 동) 意(뜻 의)

남과 의견이 같은 경우 '동의합니다.'라고 해요. 여기서 **동의**는 생각이 같다는 말이지요. 상대어는 '다를 이/리(異)' 자를 쓴 '이의'예요.

고의
故(연고 고) 意(뜻 의)

운동 경기에서 '고의적 반칙'으로 퇴장당하는 선수들이 있지요? 여기서 **고의**는 일부러 하는 생각이나 태도를 가리켜요.

본의/저의
本(근본 본) 意(뜻 의) 底(밑 저)

본의는 원래부터 그대로 가지고 있는 마음이에요. **저의**는 속에 품은 생각을 말하지요. '의의'는 말이나 글이 갖고 있는 속뜻을 의미해요. 또는 어떤 사실이나 행동이 갖고 있는 중요성이나 가치를 의미하기도 해요.

의식
意(뜻 의) 識(알 식)

'의식이 뚜렷하다.'라고 하면 정신을 똑바로 차리고 있다는 말이지요. 이때 **의식**은 사람이 사물을 보고 알아차리는 것을 뜻해요. 또 '공동체 의식', '주인 의식'처럼 전반적으로 가지고 있는 생각을 뜻하기도 해요.

의견
意(뜻 의) 見(볼 견)

의견은 어떤 대상에 대해 갖고 있는 생각이에요. 사람마다 생각이 다르기 때문에 때로는 의견이 충돌하기도 하고, 때로는 한쪽으로 모이기도 해요. 이렇듯 의견을 활발하게 주고받는 것이 민주주의의 기본이지요.

주의
注(물 댈 주) 意(뜻 의)

길거리를 걷다가 어떤 일을 조심하라는 '주의 표지판'을 본 적이 있지요? 이처럼 **주의**는 마음에 새기면서 조심하는 것을 뜻해요.

의욕
意(뜻 의) 欲(하고자 할 욕)

의욕은 무엇을 하고자 하는(하고자 할 욕, 欲) 적극적인 마음이에요. 비슷한말로 무엇을 이루고자 하는 마음인 '의지'가 있지요. 반면 의욕을 잃은(잃을 실, 失) 것을 '실의'라고 해요.

창의
創(비롯할 창) 意(뜻 의)

창의는 새로운 것을 생각해 내는 거예요. '창의력을 개발하다.', '창의성을 발휘하다.'처럼 쓰지요. 이때 새로운 것을 생각해 내는 능력을 '창의력'이라고 하고, 새로운 것을 생각해 내는 특성을 '창의성'이라고 해요.

위험을 알리는 주의보

일기 예보에서 '미세 먼지 주의보', '건조 주의보' 같은 예보를 들은 적이 있나요? '주의보'는 홍수나 지진 같은 현상으로 피해를 입을 염려가 있을 때 기상청에서 미리 주의를 주는 거예요. 그럼 여러 가지 주의보에 대해 살펴볼까요?

미세 먼지 주의보 '미세 먼지'는 공기 중에 떠다니는 아주 작은 먼지로 지름이 10마이크로미터 이하예요. 몸에 해로운 물질로 이루어져 있어서 사람의 몸 안에 들어오면 각종 질병을 일으켜요. 미세 먼지 주의보가 발령되면 외출을 하지 않는 편이 좋아요.

건조 주의보 '건조'는 메말라서 습기가 없는 상태를 말해요. 건조 주의보는 장기간 비가 오지 않아 공기가 건조하고 땅이 메마를 때 내리는 주의보예요. 건조 주의보가 발령되면 화재가 일어날 위험성이 높기 때문에 소화기를 점검하는 등 미리 대비해야 해요.

강풍 주의보 '강풍'은 세차게 부는 바람이에요. 강풍이 예상될 때 강풍 주의보를 발령해요. 강풍이 불면 비행기나 선박 운행이 중단될 수 있어요. 또 건물의 간판이 떨어지거나 유리창이 깨질 수도 있으니, 조심해서 다녀야 해요.

'미세(작을 미 微, 가늘 세 細)'는 눈으로 분간하기 어려울 만큼 매우 작은 것을 뜻해요. '초미세'는 지름이 2.5마이크로미터 이하로 미세를 뛰어넘게(넘을 초, 超) 작아요. 초미세 먼지는 인체에 깊숙이 침투하여 각종 질병을 일으키고, 생명을 위협할 정도로 심각한 영향을 미칠 수 있어요.

1 밑줄 친 낱말 중에서 '뜻 의(意)' 자가 쓰이지 않은 것을 골라 보세요. (   )

① 모든 국민은 세금을 내야 할 **의무**가 있다.

② **의욕**이 지나쳐서 실수를 하고 말았다.

③ 너에게 그런 말을 한 것은 **고의**가 아니었어.

④ 그렇게 **주의**를 주었는데도 또 문제를 일으키다니!

2 대화를 읽고 빈칸에 들어갈 낱말을 골라 ○ 하세요.

창의	동의	저의	본의

3 속뜻 짐작 밑줄 친 낱말의 뜻을 찾아 선으로 이어 보세요.

그녀는 뜻하지 않은 **불의**의 사고를 당해 크게 다쳤어요.	자기의 생각이나 의견
제 질문에 **호의**적으로 답변해 주셔서 감사합니다.	미처 생각하지 못했던 상황
현욱이는 누가 시키지도 않았는데 **자의**로 청소를 했어요.	친절한 마음씨. 또는 좋게 생각하여 주는 마음

의도하지 않게 실수로 친구의 발을 밟은 적이 있나요?
의도, 목적, 그리고 실수를 나타내는 영어 표현을 함께 알아보아요.

intention, purpose

intention과 purpose는 '의도, 목적'이라는 뜻의 단어예요. 단어의 형태를 조금 바꿔서 intentionally, on purpose라고 하면 '일부러, 고의로'의 의미가 되지요.

He had good intentions when he helped her.
(그가 그녀를 도와줬을 때, 그는 좋은 의도였다.)

I did not break the window on purpose!
(나는 창문을 일부러 깨지 않았어!)

1주 5일
학습 끝!

붙임 딱지 붙여요.

goal

축구에서 득점을 하면 "goal!" 하고 외치지요? goal은 원래 '목적, 목표'라는 뜻으로, 앞으로 하고자 하는 일에 대한 '계획, 목표'의 의미가 강해요.

Our goal is finding Minsu's dog.
(우리의 목표는 민수의 강아지를 찾는 거야.)

mistake

일부러 그런 것이 아니라 실수로 무언가를 했을 때는 '실수'라는 뜻의 mistake를 사용해서 by mistake라고 말해요.

I'm sorry. I stepped on your foot by mistake!
(미안해. 실수로 너의 발을 밟았어!)

QR 찍고 발음 듣기

재미있는
우리말 이야기

1주

버리기엔 아깝고 먹을 건 적은 '계륵'

계륵(닭 계 鷄, 갈빗대 륵/늑 肋): 닭의 갈비라는 뜻으로,
그다지 큰 소용은 없으나 버리기에는 아까운 것을 이르는 말이에요.

'제(制)' 자에는 제한, 규제처럼 '억제하다'라는 뜻과 관제탑, 제어 장치처럼 '조절하여 바로잡다'라는 뜻,
그리고 제도, 제헌절처럼 '만들다'라는 뜻이 있어요.

1 낱말의 뜻이 바르게 쓰여 있는 연잎을 모두 찾아 ○ 하세요.

제복은 회사나 관청 등에서 입는 똑같은 형태의 옷이에요.

제한은 일정한 한도를 정해 놓고, 이를 넘지 못하게 막는 거예요.

규제는 감정이나 욕망을 스스로 억누르는 거예요.

강제는 다른 사람에게 원하지 않는 일을 억지로 시키는 거예요.

견제는 일정한 정도를 넘지 않도록 알맞게 조절하는 거예요.

절제는 아무것도 신경 쓰지 않고 자유롭게 행동하는 거예요.

기념탑은 비행기가 뜨고 내리는 일 등을 관리하는 곳이에요.

정치 제도는 교육에 관련된 제도를 말해요.

억제는 일정한 한도를 넘어 나아가도록 돕는 거예요.

광복절은 우리나라의 헌법을 만들어 널리 알린 것을 기념하는 날이에요.

제어 장치는 기계를 뜻대로 움직이게 하는 장치예요.

45

제한
制(절제할/만들 제) 限(한정 한)

제한은 일정한 한도(한정 한, 限)를 정해 놓고 이를 넘지 못하게 막는 거예요. '차량 통행 제한', '시간 제한'처럼 쓰이지요. 상대어로 제한이 없다는(없을 무, 無) 뜻을 가진 '무제한'이 있어요.

규제
規(법 규) 制(절제할/만들 제)

규칙이나 법으로 일정한 한도를 정하고 그것을 넘지 못하게 제한하는 것을 규제라고 해요. 규제를 두면 불편할 수도 있지만, 다수의 이익을 위해 어쩔 수 없이 필요한 경우가 많아요.

제복
制(절제할/만들 제) 服(옷 복)

군인이나 경찰관이 입는 옷처럼 어떤 관청이나 회사 등에서 규정에 따라 입게 만든 옷을 제복이라고 해요. 다른 말로 '유니폼'이라고 하지요.

견제
牽(끌 견) 制(절제할/만들 제)

견제는 상대편이 지나치게 힘을 펼치거나 자유롭게 행동하지 못하도록 억누르는 거예요. '견제를 당하다.', '상대 팀 견제'처럼 써요. 야구에서 상대 팀 선수를 견제하기 위해 수비수에게 던지는 공은 '견제구'예요.

강제
强(강할 강) 制(절제할/만들 제)

강제는 다른 사람을 힘이나 권력으로 억눌러서 원하지 않는 일을 억지로 시키는 것을 말해요. '강제 노동', '강제 철거', '강제하다.', '강제로 시키다.' 등으로 쓰이지요.

통제/억제
統(거느릴 통) 制(절제할/만들 제)
抑(누를 억)

통제는 일정한 계획이나 목적에 따라 행동을 제한하는 것이고, 억제는 일정한 정도를 넘지 않도록 억눌러 그치게 하는 것이에요. '절제'는 일정한 정도를 넘지 않도록 조절하여 제한하는 것을 뜻하지요.

관제탑
管(대롱 관) 制(절제할/만들 제)
塔(탑 탑)

관제탑은 커다란 탑 모양의 건축물로, 비행기가 뜨고 내릴 때 지시를 내리기도 하고 비행장 안의 여러 가지 상황을 정리하여 관리, 통제하는 역할을 해요.

제어 장치
制(절제할/만들 제) 御(다스릴 어)
裝(꾸밀 장) 置(둘 치)

'제어'는 자신의 감정, 힘 등을 억누르거나 기계가 목적에 맞게 작동하도록 조절하는 거예요. 이렇게 제어할 수 있는 장치를 제어 장치라고 해요.

제어가 안 돼!

제도
制(절제할/만들 제) 度(법도 도)

관습이나 법에 따라 만들어진 사회 구조와 규범 등을 제도라고 해요. 분야에 따라 교육에 관련된 것은 '교육 제도', 정치에 관련된 것은 '정치 제도', 국민 생활의 안정을 보장하기 위해 만든 것은 '사회 보장 제도'라고 하지요.

제헌절
制(절제할/만들 제) 憲(법 헌)
節(마디 절)

'제헌'은 헌법(법 헌, 憲)을 만들어 정한 것을 뜻해요. 1948년 7월 17일, 우리나라는 헌법을 제정하여 널리 알렸는데, 이를 기념하는 국경일이 제헌절이지요. 제헌절은 7월 17일이에요.

사회 보장 제도

  '사회 보장 제도'란 어려움에 처한 사람이 인간다운 삶을 살 수 있도록 국가가 보장해 주는 제도예요. 사회 보장 제도에 대해 좀 더 알아볼까요?

  사회 보장 제도는 '사회 보험'과 '공공 부조'로 나눠요. 먼저 '사회 보험'은 아프거나 늙어서 생활을 유지하기 어려운 사람을 위한 것으로, 다음의 네 가지가 있어요. 첫째, '산업 재해 보상 보험'은 근로자가 산업 현장에서 재해를 입었을 때 소득과 의료를 보장받는 제도로, '산재 보험'이라고도 해요. 둘째, '건강 보험'은 전 국민이 가입하여 적은 보험료를 내고 의료 혜택을 받는 제도예요. 셋째, '국민연금'은 일정 기간 동안 나라에 일정액을 내고 소득 능력을 잃었을 때 소득을 보장받는 제도예요. 넷째, '고용 보험'은 직장을 잃었을 경우 일정 기간 동안 소득을 지원받는 제도이지요.

  반면 '공공 부조'는 국가나 지방 자치 단체가 스스로 생활하기 어려운 사람을 지원해 주는 제도예요. 최소한의 생활이 가능하도록 비용을 지원해 주는 '국민 기초 생활 보장제'가 있는데, 이 제도는 주택을 빌려 주거나 의료를 지원해 주지요.

1 빈칸에 들어갈 낱말을 찾아 번호를 써 보세요.

① 제한 　　　　② 제도 　　　　③ 억제 　　　　④ 견제

2 밑줄 친 '제' 자가 들어간 낱말 중에서 '절제할/만들 제(制)' 자가 쓰이지 않은 것을 고르세요. (　　　)

① **제헌절**은 헌법을 정하고 널리 알린 것을 기념하는 날이에요.

② 오늘은 할아버지 댁에 **제사**를 지내러 가는 날이에요.

③ 비행기 조종사는 **관제탑**과 계속 연락을 주고받았어요.

④ 우리나라 사람들은 일제에 의해 **강제**로 끌려가 고된 노동에 시달렸어요.

3 속뜻 짐작 다음 설명과 그림에 알맞은 낱말을 골라 ○ 하세요.

태어날 때부터 부모의 출신에 따라 계급이 나뉘는 제도로, 자녀는 부모의 계급을 그대로 물려받았어요. 계급에 따라 귀한 사람과 천한 사람으로 나뉘었고, 하는 일도 달랐지요.

신분 제도 　　　　가족 제도 　　　　복지 제도

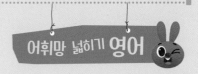

국가가 질서 있게 돌아가려면 여러 가지 제도(system)가 필요해요.
대표적인 제도에 대해 알아보아요.

political system 정치 제도

나라를 어떤 방법으로 다스릴 것인지 정한 제도예요.
크게 대통령제와 의원 내각제로 구분할 수 있어요.

대통령제(presidential system) 대통령제는 국민이 투표로 대통령(president)을 뽑고, 그 대통령이 임기 동안 행정권을 담당하는 제도예요.

의원 내각제(parliamentary cabinet system) 의원 내각제는 국회의 신임에 따라 행정부가 성립하는 제도예요. 국회의 다수당을 중심으로 행정부가 만들어져요.

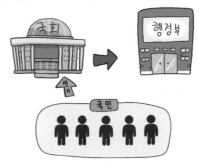

2주 1일
학습 끝!
붙임 딱지 붙여요.

economic system 경제 제도

생활에 필요한 물건이나 서비스 등을 교환하는 방법 등
경제에 관련된 제도예요.

자본주의(capitalism) 자본주의는 개인의 재산, 즉 자본(capital)을 인정해요. 자본주의에서 사람들은 자유롭게 물건이나 서비스를 구매하고 개인의 이윤을 추구해요.

사회주의(socialism) 사회주의는 개인의 재산을 인정하지 않아요. 개인의 이익이나 자유보다는 사회의(social) 이익과 평등함을 더 중요시하지요.

QR 찍고 발음 듣기

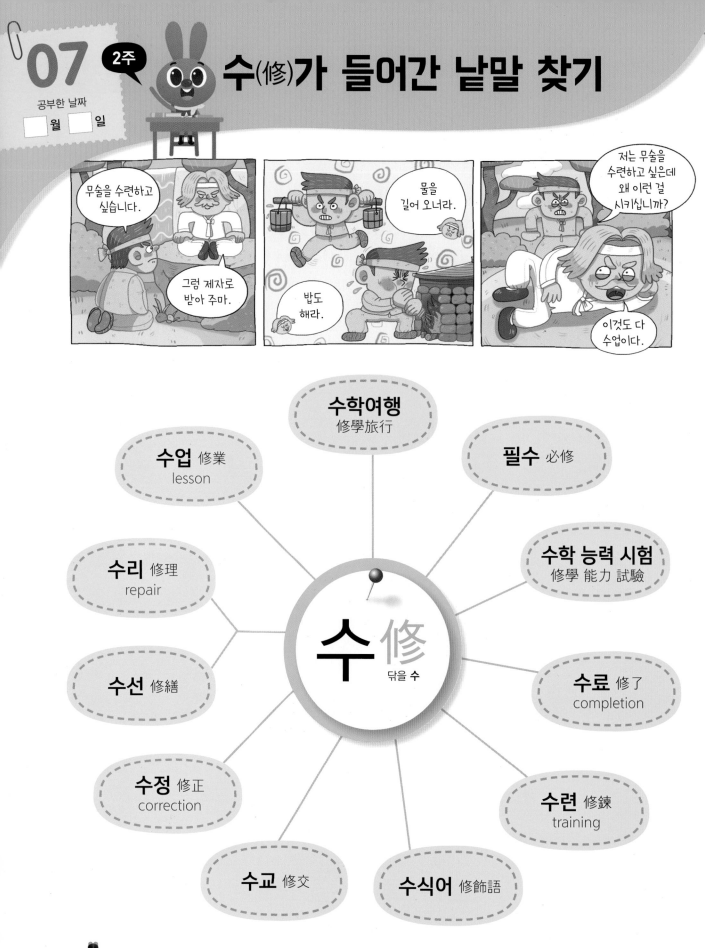

'수(修)' 자에는 수업, 수료, 수련처럼 '닦다'라는 뜻과 수정, 수선, 수리처럼 '고치다'라는 뜻이 있어요.

1 설명하는 낱말을 글자 판에서 찾아 ○ 하세요.

수	업	영	맥	호	소
료	윤	수	식	어	지
비	서	학	피	관	영
혁	미	여	진	수	교
명	도	행	철	정	통

예 학업이나 재주를 배우고 익힘.

① 일정한 배움을 모두 끝냄.

② 나라와 나라 사이에 외교 관계를 맺음.

③ 잘못된 점을 바로잡아서 고치는 것

④ 뒤에 오는 말을 꾸며 주는 말

⑤ 교육 활동의 하나로서 교사의 지도 아래 실시하는 여행

'갈고닦다' 혹은 '고치다'라는 뜻이 들어간 낱말들이네.

2 설명하는 낱말을 초성 힌트를 참고해서 써 보세요.

① 낡거나 헌 물건을 고치는 일을 말해요.　　ㅅ　선

② 반드시 학습하거나 이수해야 하는 것을 말해요.　　ㅍ　ㅅ

③ 인격, 기술 등을 닦아서 단련하는 것이에요.　　ㅅ　ㄹ

④ 대학에서 공부할 만한 사람을 뽑기 위해 교육부에서 해마다 실시하는 시험이에요.　　ㅅ　ㅎ　ㄴ　ㄹ　시　험

수업
修(닦을 수) 業(일 업)

'닦을 수(修)' 자를 쓴 **수업**은 '작가 수업', '공예 수업'처럼 기술이나 학문을 갈고닦는다는 뜻이에요. 하지만 '줄 수(授)' 자를 쓴 '수업'은 '수업 시간', '교실 수업'처럼 학교에서 선생님이 공부를 가르쳐 주는 걸 뜻해요.

수학여행
修(닦을 수) 學(배울 학)
旅(나그네 려/여) 行(다닐 행)

수학여행은 학생들이 며칠간 자연과 문화가 있는 곳에 실제로 가서 직접 보고 배우기(배울 학, 學) 위해 떠나는 여행이에요. 선생님의 인솔 아래, 지식도 익히고 즐거운 시간을 보내지요.

필수
必(반드시 필) 修(닦을 수)

필수는 반드시 학습하거나 이수해야(닦을 수, 修) 한다는 뜻이에요. 대학을 졸업하려면 '필수 학점'을 받아야 하지요. '모름지기 수(須)' 자를 쓴 '필수(必須)'도 있는데, 꼭 있어야 한다는 뜻으로 '필수 조건', '필수 요소'처럼 써요.

수학 능력 시험
修(닦을 수) 學(배울 학) 能(능할 능)
力(힘 력/역) 試(시험 시) 驗(시험 험)

'수학 능력'은 배울 수 있는 능력이에요. **수학 능력 시험**은 배울 수 있는 능력을 평가하는 시험이지요. 11월이면 대학에서 배울 능력이 있는 학생을 뽑기 위해 '대학 수학 능력 시험'을 실시해요. 이를 줄여서 '수능'이라고 해요.

수료
修(닦을 수) 了(마칠 료/요)

수료는 학업을 다 배워서 끝내는(마칠 료/요, 了) 것을 뜻해요. '박사 과정 수료'처럼 쓰지요. 어떤 학과를 다 배워서 마친 것을 기념하는 식을 '수료식', 수료한 것을 증명하는 증서를 '수료증'이라고 해요.

수련
修(닦을 수) 鍊(단련할 련/연)

수련은 인격, 기술, 학문 등을 닦아서 단련하는 것을 말해요. 비슷한말로 '수행'이 있어요. 수행은 종교의 가르침을 실천한다는 뜻도 있어요.

수식어
修(닦을 수) 飾(꾸밀 식)
語(말씀 어)

연기를 잘하는 영화배우에게는 '믿고 보는 배우'라는 수식어가 따라다녀요. **수식어**는 뒤에 오는 말을 꾸며(꾸밀 식, 飾) 주기 위해 쓰는 말(말씀 어, 語)로, 표현을 아름답게 하거나 명확하게 해요.

수교
修(닦을 수) 交(사귈 교)

'사귈 교(交)' 자가 붙은 **수교**는 외교 관계를 맺는 것을 말해요. 즉, 다른 나라와 정치, 문화, 경제 등에서 관계를 갖는 것을 뜻하지요.

수정
修(닦을 수) 正(바를 정)

수정은 바로잡아서(바를 정, 正) 고치는 거예요. '계획을 수정하다.', '목표를 수정하다.' 등으로 쓰이지요. 이때 '수(修)' 자는 '고친다'는 뜻이에요.

수선/수리
修(닦을 수) 繕(기울 선)
理(다스릴 리/이)

수선은 낡은 물건을 고치는 것으로, '옷 수선', '구두 수선'처럼 써요. **수리**는 고장 나거나 허름한 곳을 고치는 것으로, '가전제품 수리', '자전거 수리'처럼 쓰지요.

교실 밖에서 지식을 넓히는 수학여행

'공부한다'고 하면 학교에 가서 교실에 앉아 교과서를 펼치고 선생님의 설명을 듣는 모습을 상상하게 돼요. 하지만 교실 밖 자연 속에서 배우며 지식을 넓히는 공부도 있지요. 바로 '수학여행'이에요. 우리나라의 대표적인 수학여행지는 어디이며, 그곳에서는 무엇을 배울 수 있는지 알아보아요.

서울 1392년 조선의 수도가 된 이래 오늘날까지 600여 년의 역사를 이어 온, 우리나라에서 가장 큰 도시예요. 우리나라 정치와 경제, 문화, 역사의 중심지이기도 하지요. 조선의 궁궐인 경복궁과 사당인 종묘 등 각종 문화재와 문화유산이 곳곳에 자리 잡고 있어 볼거리와 배울 거리가 많이 있답니다.

강원도 우리나라에서 가장 큰 산맥인 태백산맥이 지나는 지역이에요. 태백산맥의 최고봉인 설악산과 동해안 등 아름다운 자연 경관을 볼 수 있어 수학여행지로 유명해요.

공주·부여 화려하고 세련된 문화를 꽃피웠던 백제의 중심지였어요. 독특한 무덤 양식을 볼 수 있는 무령왕릉과 다양한 유물이 전시된 국립 공주 박물관, 국립 부여 박물관이 대표적인 수학여행지예요.

경주 도시 전체가 유네스코가 지정한 세계 문화유산이에요. 신라 시대의 불교 유적인 불국사와 석굴암을 비롯해 석가탑, 다보탑, 첨성대 등 교과서에 등장하는 다양한 유적과 유물을 볼 수 있어요.

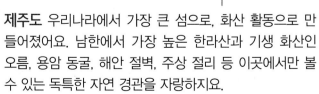

수학여행, 어디로 갈까요?

제주도 우리나라에서 가장 큰 섬으로, 화산 활동으로 만들어졌어요. 남한에서 가장 높은 한라산과 기생 화산인 오름, 용암 동굴, 해안 절벽, 주상 절리 등 이곳에서만 볼 수 있는 독특한 자연 경관을 자랑하지요.

1 밑줄 친 낱말의 뜻을 찾아 선으로 이어 보세요.

우리나라와 중국이 **수교**를 맺은 지 20년이 넘었어요. •

대학생인 언니는 이번 학기에 **필수** 학점을 따지 못했어요. •

삼촌은 외국에서 박사 과정을 **수료**하고 돌아왔어요. •

소희는 피나는 **수련**으로 결국 실력을 인정받았어요. •

• 나라와 나라 사이에 외교 관계를 맺는 것

• 반드시 학습하거나 이수해야 함.

• 몸과 마음을 잘 닦아서 단련하는 것

• 일정한 배움을 모두 끝냄.

2 (   ) 안에서 알맞은 낱말을 골라 ○ 하세요.

① 진솔한 (**필수** / **수식어**)를 써서 감동을 주는 글이에요.

② 옷을 (**수선** / **수정**)하기 위해서 세탁소에 맡겼어요.

③ 고장 난 자동차를 (**수료** / **수리**)하고 있어요.

3 속뜻 짐작 빈칸에 들어갈 낱말을 찾아 ○ 하세요.

으악, 또 불합격이야. 다시 시험을 보려면 ☐을/를 해야 하잖아.

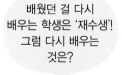

배웠던 걸 다시 배우는 학생은 '재수생'! 그럼 다시 배우는 것은?

| 수정 | 이수 | 재수 |

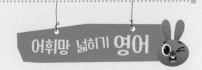

'수리하다, 고치다'라는 뜻을 가진 영어 단어를 알아보고,
각 단어들은 어떤 차이가 있는지 살펴보아요.

repair

repair에는 고장 나거나 부서진 것을 '수리하다'라는 뜻이 있어요. '자동차를 수리하다'는 repair a car, '도로를 보수하다'는 repair a road 등으로 쓸 수 있어요.

fix

fix도 '수리하다'라는 뜻을 가진 단어예요. 주로 자동차 같은 기계를 수리할 때 많이 쓰지요. 물건이 아닌 것을 '바로잡는다'는 의미로도 쓰이는데 fix the problem이라고 하면 '문제를 해결하다'라는 뜻이에요.

2주 2일
학습 끝!

붙임 딱지 붙여요.

mend

mend 역시 '수리하다'를 뜻해요. repair나 fix에 비해 큰 기술을 필요로 하지 않는 수선이나 수리를 표현하는 말로, 옷이나 장난감 등을 고칠 때 주로 사용해요.

restore

restore는 '회복시키다, 복원하다'라는 뜻을 갖고 있어요. 예전의 상태로 되돌려 놓는다는 뜻이지요.

QR 찍고 발음 듣기

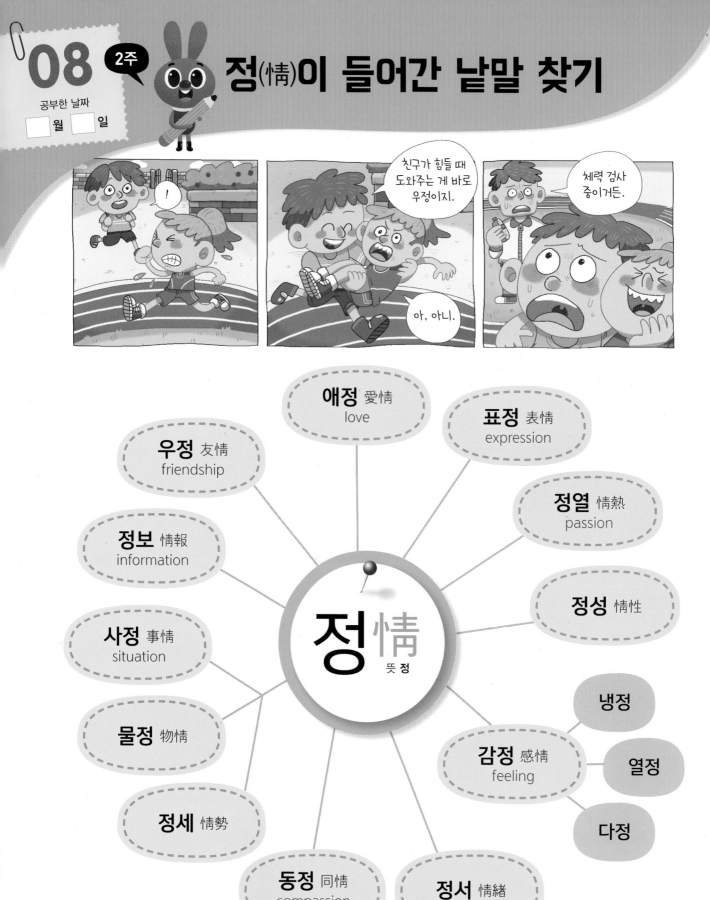

 '정(情)' 자에는 우정, 애정처럼 '마음'이라는 뜻과 정세, 사정처럼 '상황, 이치'라는 뜻이 있어요.

1 '정(情)' 자가 들어간 낱말의 뜻을 읽고, 빈칸에 알맞은 글자를 써 보세요.

예

친구 사이에 느껴지는 정 [우]

사랑하는 마음 [ ]

마음이나 기분이 겉으로 드러남. 또는 그런 모습 [ ]

어떤 일에 대하여 생기는 마음이나 기분 [ ]

다른 사람의 어려움을 자기 일처럼 딱하게 여김. [ ]

세상의 여러 가지 형편 [ ]

일의 형편이나 이유 [ ]

정
(情)

[ ] 수집한 자료를 실생활에 쓰일 수 있도록 정리한 지식

[ ] 사람이 본래 가지고 있는 마음씨와 성질을 아울러 이르는 말

[ ] 사람의 마음에서 생기는 여러 가지 감정

[ ] 가슴속에서 세차게 일어나는 적극적인 마음

[ ] 일이 이루어져 가는 형편

우정
友(벗 우) 情(뜻 정)

여러분은 우정을 나누는 친한 친구가 있나요? 우정은 친구(벗 우, 友)끼리 가지는 정이에요. 즉, 친구와 서로 아끼고 배려하는 마음이지요. 비슷한말로 형제나 친구 간의 사랑(사랑 애, 愛)을 뜻하는 '우애'가 있어요.

애정
愛(사랑 애) 情(뜻 정)

애정은 사랑하는(사랑 애, 愛) 마음이에요. 가족이나 연인 사이뿐 아니라 '책에 대한 애정이 남다르다.'처럼 사물에도 느낄 수 있는 감정이지요.

표정
表(겉 표) 情(뜻 정)

표정은 속에 품은 마음이나 기분 등이 겉으로(겉 표, 表) 드러나는 거예요. 표정은 보통 얼굴을 통해서 드러나는데, 표정으로 기쁨, 슬픔, 괴로움 등 그 사람의 마음을 알 수 있지요.

정열
情(뜻 정) 熱(더울 열)

에스파냐 사람들은 춤과 노래를 좋아하고 항상 즐겁게 산다고 해요. 그래서 에스파냐를 '정열의 나라'라고 부르지요. 이때 정열은 가슴속에서 세차게 일어나는 적극적인 감정을 말해요.

정성
情(뜻 정) 性(성품 성)

정성은 사람이 본래 가지고 있는 마음씨와 성질(성품 성, 性)을 아울러 이르는 말이에요. 비슷한말로 '성정'이 있어요. 온갖 힘을 다하려는 참되고 성실한 마음을 뜻하는 '정성'과는 다른 말이지요.

감정
感(느낄 감) 情(뜻 정)

어떤 일에 대해 생기는 마음이나 기분을 감정이라고 해요. 감정을 드러내지 않으며 차가운 것은 '냉정', 무엇에 대해 애정을 가지고 열중하는 마음은 '열정', 정이 많은 것은 '다정'이라고 하지요.

정서
情(뜻 정) 緖(실마리 서)

정서는 사람의 마음에서 생기는 여러 가지 감정을 뜻해요. '정서가 풍부하다.', '정서 불안'처럼 쓰지요. 또 정서는 어떤 지역이나 집단에서 나타나는 특성을 뜻하기도 해서, '부산 지역 정서'처럼 쓰기도 해요.

동정
同(한가지 동) 情(뜻 정)

동정은 다른 사람의 어려운 처지를 자기 일처럼 딱하게 여기는 마음이에요. 또 그런 마음으로 도움을 베푸는 것을 가리키기도 해요.

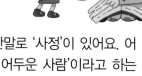

정세/물정
情(뜻 정) 勢(권세 세) 物(물건 물)

정세는 일이 이루어져 가는 상황을 말해요. 비슷한말로 '사정'이 있어요. 어리숙하고 순진해서 잘 속는 사람을 '세상 물정에 어두운 사람'이라고 하는데, 이때 물정은 세상의 이런저런 형편을 두루 표현하는 말이지요.

정보
情(뜻 정) 報(갚을/알릴 보)

정보는 관찰이나 측정 등 여러 방법으로 수집한 자료를 실생활에 쓸 수 있게 정리한 지식이에요. 오늘날을 '정보화 사회'라고 하는데, 정보화 사회에서는 정보가 중요한 자원이 되어 경제, 문화 등을 성장시켜요.

유교에서 바라본 '감정'

사람의 마음속에는 다양한 감정이 있어요. 그 감정은 자주 변하지요. 유교에서는 사람의 감정을 '사단 칠정'으로 구분했어요. '사단'은 사람이 원래 가지고 있는 네 가지의 선한 마음인 측은지심, 수오지심, 사양지심, 시비지심을 말해요. '측은지심'은 다른 사람을 가엾게 여기는 마음이고, '수오지심'은 옳지 못한 것을 부끄러워하고 착하지 않은 행동을 미워하는 마음이에요. '사양지심'은 스스로를 낮추고 남을 존중하며 배려하는 마음이고, '시비지심'은 옳고 그름을 구별해 바른길로 가려는 마음이지요. '칠정'은 누구나 가지고 있는 일곱 가지의 보편적인 감정을 말해요. 칠정에 대해 살펴볼까요?

〈사람이 가지고 있는 칠정〉

희(기쁠 희, 喜) 기쁨. 욕구가 충족되어 즐겁고 만족한 마음이에요.

노(성낼 노/로, 怒) 노여움. 억울하고 섭섭해 화가 나는 마음이에요.

애(슬플 애, 哀) 슬픔. 억울하거나 불쌍하여 슬픈 마음이에요.

구(두려울 구, 懼) 두려움. 어떤 대상이 무서워 불안한 거예요.

애(사랑 애, 愛) 사랑. 어떤 대상을 몹시 아끼고 소중히 여기는 마음이에요.

오(악할 악/미워할 오, 惡) 미움. 대상이 마음에 들지 않거나 눈에 거슬리는 감정이에요.

욕(하고자 할 욕, 欲) 욕망. 어떤 것을 가지고자 지나치게 욕심을 내는 마음이에요.

'욕구'와 '욕망'은 둘 다 무엇을 바라는 마음이에요. 비슷한말이지만, 차이가 있지요. '욕구'는 본능적, 혹은 충동적으로 무엇을 바라는 마음으로, '자고 싶은 욕구'처럼 써요. 반면 '욕망'은 부족함을 느껴서 그것을 채우려고 탐하는 마음으로, '출세하려는 욕망'처럼 쓰지요.

1 ( ) 안에서 알맞은 낱말을 골라 ○ 하세요.

① 그녀는 갑작스러운 (물정 / 사정)으로 모임에 참석하지 못했어요.

② 무슨 일이 있었는지 친구의 (표정 / 다정)이 안 좋아요.

③ 국제 (정성 / 정세)을/를 살피기 위해 매일 신문을 읽어요.

④ 재호는 누나의 부탁을 (동정 / 냉정)하게 거절했어요.

2 밑줄 친 낱말의 알맞은 뜻풀이를 찾아 선으로 이어 보세요.

 인터넷에서 찾은 **정보**로 좋은 상품을 구입했어요. •

• 모은 자료를 실생활에 쓸 수 있도록 정리한 지식

 우리는 **우정**을 지키자고 맹세했어요. •

• 가슴속에서 세차게 일어나는 적극적인 마음

 에스파냐 사람들은 낭만과 **정열**이 넘쳐요. •

• 친구 사이에 서로 아끼고 배려하는 마음

3 속뜻짐작 그림과 친구들의 대화를 보고, 무엇에 대한 이야기인지 찾아 ○ 하세요.

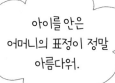 아이를 안은 어머니의 표정이 정말 아름다워.

 이 세상에 자식에 대한 어머니의 사랑보다 강한 것은 없다고 하지.

무정	비정	모정	부정

사람의 감정이 다양한 만큼 감정을 나타내는 단어도 많아요.
감정을 나타내는 영어 단어를 함께 살펴볼까요?

feeling, emotion

feeling은 기쁨, 슬픔, 놀람, 흥분 등의 모든 '느낌'과 '기분'을 뜻하는 말이에요. emotion도 feeling과 같은 뜻의 단어로 '느낌, 감정' 등을 뜻하지요.

fear

fear는 '두려움, 공포'를 뜻하는 단어예요. 무언가에 대해 무서워하는 감정을 나타낼 때 사용하지요. 비슷한말로 horror가 있어요.

nervous

nervous는 '불안해하는, 초조해하는'이라는 뜻이에요. 때로는 걱정이 많거나 겁을 먹은 경우에도 사용돼요.

**2주 3일
학습 끝!**

붙임 딱지 붙여요.

jealous

jealous에는 '질투하는, 시샘하는'이라는 뜻이 있어요. 비슷한 뜻을 가진 단어로 envy가 있는데, '부러워하는 마음'을 뜻해요.

excited

excited에는 '신이 난, 들뜬'이라는 뜻이 있어요. interested도 '재미있는, 흥미 있는'을 뜻하는데, excited보다 약한 표현이에요.

○○구단 파이팅!

QR 찍고 발음 듣기

점(點)이 들어간 낱말 찾기

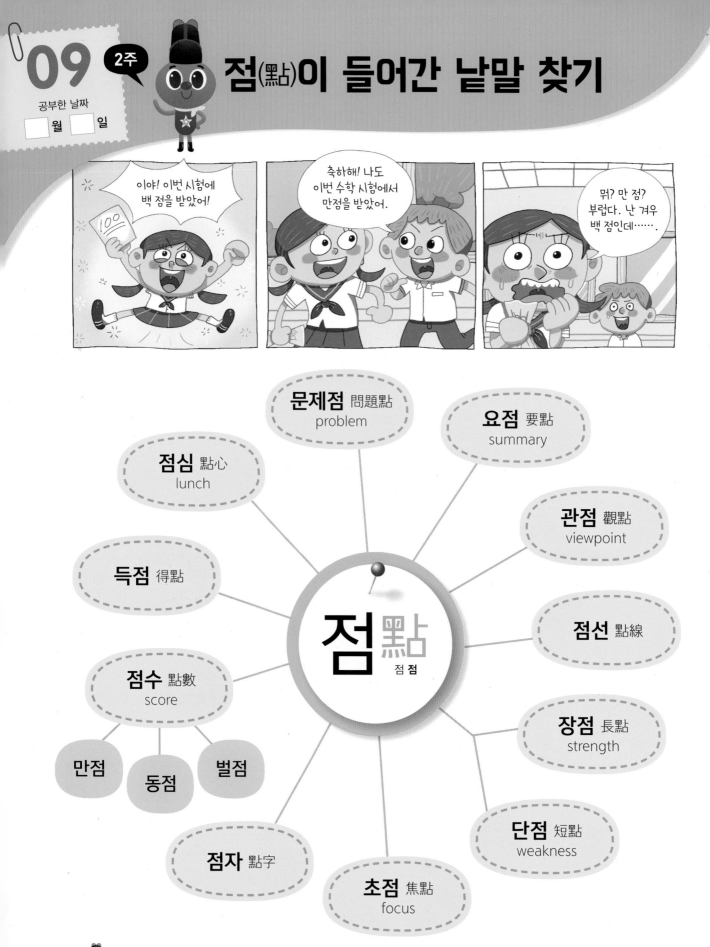

'점(點)' 자에는 요점, 점선, 점자처럼 '점'이라는 뜻과 점수, 득점처럼 '점수'라는 뜻이 있어요.

1 친구가 집에 가려고 해요. 표지판의 설명을 읽고 알맞은 내용이면 ▢➡, 잘못된 내용이면 ✖➡를 따라가서 친구가 집에 도착할 수 있게 도와주세요.

점심
點(점 점) 心(마음 심)

아침 식사와 저녁 식사 사이에 먹는 끼니를 **점심**이라고 해요. 점심은 '마음 (마음 심, 心)에 점(점 점, 點)을 찍는다.'는 뜻이에요. 즉, 배가 고플 때 마음에 점을 찍는 것처럼 가볍게 먹는 식사라는 뜻에서 나온 말이지요.

문제점
問(물을 문) 題(제목 제) 點(점 점)

'문제'는 답이 필요한 물음을 말해요. 또는 해결하기 어려운 대상이나 일을 문제라고 하지요. 문제에 '점 점(點)' 자가 합쳐진 **문제점**은 해결하기 어려운 부분이라는 뜻이에요.

요점
要(구할 요) 點(점 점)

학습에 관련된 책에서 '요점 정리'라는 말을 본 적이 있지요? **요점**은 가장 중요하고 중심이 되는 사실을 말해요. 특히 공부를 할 때는 요점을 파악하는 것이 무엇보다 중요하지요.

관점
觀(볼 관) 點(점 점)

관점은 사물이나 현상을 보고(볼 관, 觀) 생각하는 방향이나 태도를 말해요. 똑같은 사물이나 현상을 보더라도 관점이 다르면 해석도 달라지지요.

점선
點(점 점) 線(줄 선)

점을 잇달아 찍어서 줄(줄 선, 線)처럼 이어진 선을 **점선**이라고 해요. 종이 접기에서 점선 표시는 종이를 접으라는 뜻이지요. 한편 끊어진 부분이 없이 이어진 선은 '실선'이라고 해요.

장점/단점
長(긴 장) 點(점 점) 短(짧을 단)

여러분의 장점과 단점은 무엇인가요? **장점**은 좋은 점이나 잘하는(긴 장, 長) 점이에요. 비슷한말로 '강점'이 있어요. 반면 **단점**은 모자라거나 허물이 되는(짧을 단, 短) 점이에요. 비슷한말로 '약점'이 있지요.

초점
焦(탈 초) 點(점 점)

햇빛 아래에서 돋보기로 종이에 초점을 맞추면 불이 붙어요(탈 초, 焦). 햇빛이 모이듯 사람들의 관심이 모아지는 사물의 중심 부분을 **초점**이라고 하지요. '문제의 초점이 되다.'처럼 써요.

점자
點(점 점) 字(글자 자)

점자는 시각 장애인이 손가락으로 만져 읽을 수 있도록 만든 점으로 된 글자(글자 자, 字)예요. 점자로 된 책을 '점자 책'이라고 하지요.

점수
點(점 점) 數(셈 수)

점수는 성적을 숫자로 헤아려(셈 수, 數) 나타낸 거예요. 정해진 점수를 꽉 채운(찰 만, 滿) 것은 '만점', 같은(한가지 동, 同) 점수는 '동점', 잘못을 점수로 따져서 벌주는(벌할 벌, 罰) 것은 '벌점'이에요.

득점
得(얻을 득) 點(점 점)

점수를 얻는(얻을 득, 得) 것을 **득점**이라고 해요. 반대로 점수를 잃는(잃을 실, 失) 것은 '실점'이라고 하지요. 점수를 얻지 못한(없을 무, 無) 것은 '무득점', 높은(높을 고, 高) 점수를 얻는 것은 '고득점'이에요.

생활 속 렌즈의 이용

맨눈으로는 못 보는 아주 작은 세포를 볼 수 있게 할 뿐 아니라 눈이 나빠 불편을 겪는 사람이 물체를 또렷이 볼 수 있게 해 주는 게 있어요. 바로 렌즈예요. 렌즈는 유리나 수정으로 볼록하거나 오목하게 만든 거예요. 빛이 렌즈를 지날 때는 두꺼운 쪽으로 꺾여요. 이렇게 빛이 꺾이는 현상을 '빛의 굴절'이라고 하지요. 그래서 볼록 렌즈로 빛이 지날 때는 안쪽으로 굴절되어 초점에서 모이고, 오목 렌즈로 빛이 지날 때는 초점에서 밖으로 분산되지요. 이 때문에 볼록 렌즈로 물건을 보면 커 보이고, 오목 렌즈로 물건을 보면 작아 보여요. 이런 렌즈의 원리를 이용해 여러 기구가 발명되었어요. 우리 생활을 편리하게 해 주는 렌즈를 이용한 물건들을 살펴볼까요?

돋보기 볼록 렌즈 한 개로 물건을 크게 볼 수 있게 해 줘요. 돋보기로 책을 보다가 책을 멀리 떼면 글자가 흐려지는 지점이 있는데, 바로 초점이 있는 곳이에요. 그보다 멀리 떼면 글자가 거꾸로 보여요.

안경 근시경과 원시경이 있어요. 근시경은 오목 렌즈로 만들어져 있는데, 멀리 있는 물체를 또렷이 보게 해 줘요. 원시경은 볼록 렌즈로 만들어져 있어서 가까이 있는 물체를 분명히 볼 수 있게 해 주지요.

망원경 멀리 있는 물체를 크게 볼 수 있게 해 주는 기구예요. 볼록 렌즈 두 개로 만들어진 것은 케플러식 망원경, 볼록 렌즈 하나와 오목 렌즈 하나로 만들어진 것은 갈릴레이식 망원경이에요.

현미경 볼록 렌즈 두 개로 눈에 보이지 않는 작은 사물을 크게 보이게 해 줘요. 사물 쪽의 대물렌즈가 물체를 확대해 주고, 확대된 상을 눈 쪽에 있는 접안렌즈가 한 번 더 확대해 주지요.

1 빈칸에 들어갈 낱말을 찾아 선으로 이어 보세요.

동생은 관심의 ☐이/가 온통
먹거리에 있어요.   •

종이접기에서 실선은 자르는 선이고
☐은/는 접는 선이에요.   •

헬렌 켈러는 앞을 볼 수 없었기 때문에
☐(으)로 쓰인 책으로 공부했어요.   •

•   점선

•   점자

•   초점

2 속뜻 짐작 보기에서 서로 반대의 의미를 가지고 있는 낱말을 골라 짝 지어 보세요.

보기   단점   도착점   득점   실점   장점   출발점

☐ ☐ ⬌ ☐ ☐   ☐ ☐ ⬌ ☐ ☐

☐ ☐ ☐ ⬌ ☐ ☐ ☐

3 속뜻 짐작 사진을 보고 설명하는 낱말을 찾아 ○ 하세요.

천체 망원경으로 태양을
관찰하면 표면에 얼룩얼룩한 검은 점이
보여요. 이 점은 주변보다
온도가 낮아 검게 보여요.

공통점   흑점   요점   차이점

운동 경기에서 우리 편이 득점하면 정말 신나요.
운동 경기와 관련된 다양한 영어 표현들을 알아볼까요?

score, point

운동 경기에서 '점수'는 영어로 score 혹은 point라고 해요. '지금 몇 점이야?'라고 묻고 싶을 때는 'What's the score?'라고 하면 돼요.

win the game ↔ lose the game

'경기에서 이기다'는 win the game, '경기에서 지다'는 lose the game이라고 해요.

> Did you win the game?
> (경기에서 이겼어?)

> No. I lost the game.
> (아니. 나는 졌어.)

2주 4일
학습 끝!

붙임 딱지 붙여요.

win by ○ points ↔ lose by ○ points

'2점 차이로 이기다'라고 말할 때는 win by 2 points라고 해요. 반대로, '2점 차이로 지다'는 lose by 2 points라고 해요.

> Korea won the game by 3 points.
> (한국은 3점 차이로 경기에서 이겼다.)

close game, tie

승부가 날 듯 말 듯한 '접전'을 close game이라고 해요. '무승부'는 영어로 tie 또는 draw game이라고 하지요.

> Korea and France tied for second place.
> (한국과 프랑스는 동점으로 2위를 차지했다.)

QR 찍고 발음 듣기

현(現)이 들어간 낱말 찾기

'현(現)' 자에는 현실, 출현, 실현처럼 '나타나다'라는 뜻과 현재, 현대처럼 '지금'이라는 뜻, 현장 학습처럼 '실제'라는 뜻이 있어요.

1 설명에 알맞은 낱말이 되도록 초성 힌트를 참고해 써 보세요.

① 지금의 시간 | 현 | ㅈ

② 공부에 도움이 되는 곳을 직접 찾아가서 하는 학습 | 현 | ㅈ | ㅎ | 습

③ 국가에서 발행하는 지폐나 동전 | 현 | ㄱ

④ 어떤 대상이나 사물이 지금 있는 곳 | 현 | ㅈ

⑤ 중국의 사막에서 바람에 날려 올라간 모래가 다시 내려오는 현상 | ㅎ | ㅅ | 현 | 상

⑥ 생각이나 느낌을 언어나 몸짓 등으로 나타내는 것 | ㅍ | 현

⑦ 꿈이나 희망 등을 실제로 이루는 것 | ㅅ | 현

2 그림을 보고 ( ) 안에 알맞은 낱말을 찾아 번호를 써 보세요.

⑴ ( ) 과학 기술은 화성에 탐사 로봇을 보낼 만큼 발전했어요.

⑵ 미확인 비행 물체의 ( )(으)로 광장에 모인 사람들은 깜짝 놀랐어요.

⑶ 그 아저씨는 ( )에 만족하지 못하고 허황된 꿈을 꾸었어요.

① 현지　　　　② 현대　　　　③ 출현　　　　④ 현실

69

현실
現(나타날 현) 實(열매 실)

현실은 실제 나타난 사실이나 상태를 말해요. 현실이 되는 것을 '현실화'라고 하고, 실제로 있지 않은(아닐 비, 非) 사실을 '비현실'이라고 해요. 현실이 아닌데(거짓 가, 假) 실제처럼 보이는 가짜 현실은 '가상 현실'이지요.

출현
出(날 출) 現(나타날 현)

출현은 나타나거나 나타나서 보이는 것을 뜻해요. '인류의 출현'처럼 쓰지요. 비슷한말로는 '등장'이 있어요. 한편 어떤 대상이 나타났다가 사라지는 것은 '출몰'이라고 해요.

현지
現(나타날 현) 地(땅 지)

현지는 어떤 대상이나 사물이 지금 있는 곳(땅 지, 地)을 뜻해요. '현장'과 같은 말이지요. 현지에 사는 사람(사람 인, 人)은 '현지인'이라고 해요.

실현
實(열매 실) 現(나타날 현)

꿈, 희망, 기대 등이 실제로 이루어져 나타나는 것을 실현이라고 해요. 그 일이 앞으로 이루어질 수 있는 가능성은 '실현 가능성'이라고 하지요.

표현
表(겉 표) 現(나타날 현)

생각이나 느낌을 말이나 글, 몸짓 등 다양한 방법으로 나타내는 것을 표현이라고 해요. 말이나 글처럼 언어적 표현도 있고, 무용이나 음악, 그림 같은 비언어적 표현도 있지요. 비슷한말로 '표출'이 있어요.

현상
現(나타날 현) 象(코끼리 상)

현상은 눈에 보이는 모양과 상태예요. '황사 현상'은 중국 사막의 모래가 날아오는 현상이고, '병목 현상'은 도로가 병의 목처럼 갑자기 좁아져서 길이 막히는 현상이에요.

현금
現(나타날 현) 金(쇠 금)

현금은 국가에서 발행해서 우리가 평소에 쓰는 실제의 돈(쇠 금, 金)인 지폐나 동전을 말해요. '현금이 한 푼도 없다.'처럼 현재 가진 돈을 뜻하기도 하지요. 비슷한말로 '현찰'이 있어요.

현재
現(나타날 현) 在(있을 재)

'현(現)' 자에는 '지금'이라는 뜻도 있어서, 현재는 지금 있는(있을 재, 在) 이 순간을 가리켜요. '현재 시각', '현재 상황'처럼 쓰지요. 한편, 이미 지나간 때는 '과거', 앞으로 다가올 때는 '미래'라고 해요.

현대
現(나타날 현) 代(대신할 대)

현대는 지금의 시대를 가리켜요. '현대 미술', '현대 의학'처럼 쓰지요. 또 역사에서 '고대, 중세, 근대, 현대'처럼 시대를 구분하는 말로도 쓰여요. 우리나라의 현대는 일제 강점기에서 벗어난 후부터 오늘날까지를 가리켜요.

현장 학습
現(나타날 현) 場(마당 장)
學(배울 학) 習(익힐 습)

현장 학습은 공부에 도움이 될 만한 실제 장소(마당 장, 場)를 찾아가서 직접 배우고(배울 학, 學) 익히는(익힐 습, 習) 것을 말해요. 여기서 '현(現)' 자는 '실제'라는 의미로 쓰였어요.

다양한 표현 방법

같은 소재를 그린 그림이라도 무슨 물감을 가지고 어떤 기법으로 표현했는지에 따라 느낌이 달라요. 그럼 명화 속 고양이들을 통해 다양한 표현 방법을 알아볼까요?

피에르 보나르의 <흰 고양이>

고양이가 기지개를 켜는 순간의 모습을 표현했어요. 몸을 길게 일으키는 모습이 잘 나타나 있지요. 윤곽선 없이 부드러운 붓질로 고양이의 나른한 느낌을 살렸어요.

(그림: 피에르 보나르, <흰 고양이>, 1894)

오귀스트 르누아르의 <줄리 마네>

소녀의 품에 안겨 기분이 좋은 고양이의 모습을 사랑스럽게 표현했어요. 고양이를 안고 있는 소녀의 모습도 부드러운 선으로 표현해서 편안하고 따뜻한 느낌을 주지요.

(그림: 오귀스트 르누아르, <줄리 마네>, 1887)

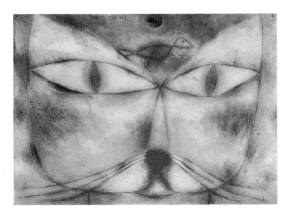

파울 클레의 <고양이와 새>

알록달록한 색채와 단순한 선, 재미난 표정으로 고양이를 표현했어요. 고양이 이마 위에 새가 그려져 있어서 환상적인 느낌을 주지요.

(그림: 파울 클레, <고양이와 새>, 1928)

변상벽의 <참새와 고양이>

고양이 그림으로 유명한 조선 후기 화가 변상벽의 그림이에요. 가는 붓으로 털까지 한 올 한 올 세밀하고 꼼꼼하게 묘사한 고양이 모습이 무척 사실적이에요.

(그림: 변상벽, <참새와 고양이>, 18세기 중반)

1 만화 속 밑줄 친 낱말의 '현(現)' 자가 쓰이지 않은 문장을 골라 보세요. (　　　)

① 선수들은 **현지**에 적응하기 위해 미리 출발했어요.

② 과거에 연연하지 말고 **현재**에 충실해야 해요.

③ 이 책은 내 꿈을 **실현**시키는 데 많은 도움을 줬어요.

④ 바이올린과 첼로는 **현악기**예요.

2 설명하는 낱말을 낱말 판에서 찾아 ○ 하세요.

① 현실이 아닌데 실제처럼 보이게 만든 가짜 현실

② 넓은 길이 갑자기 좁아져 길이 막히는 현상

병	목	현	상	지
윤	비	가	계	도
리	혁	상	동	력
채	시	현	상	사
서	이	실	로	명

3 속뜻짐작 (　　　) 안에서 알맞은 낱말을 골라 ○ 하세요.

① 나는 범인을 잡으러 나온 (**현직** / **현실**) 경찰이지.

② 돈이 생기기 전에는 물건끼리 맞바꾸는 (**현상** / **현물**) 거래를 많이 했지.

③ 미술품 복원사는 첨단 기술로 손상된 그림을 (**재현** / **발현**)해 내는 전문가야.

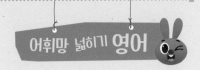
'현금'은 실제로 쓸 수 있는 돈을 뜻해요.
현금을 비롯해 돈과 관련된 단어들을 영어로 알아볼까요?

cash

'현금'은 영어로 cash라고 해요. 라틴어로 '상자'를 의미하는 capsa가 어원이에요. '돈이 들어 있는 상자'라는 뜻에서 현금을 가리키는 말이 유래된 것이지요.

ATM

돈이 필요할 때 은행에 가지 않고도 카드를 이용해 현금을 찾을 수 있는 기계인 '현금 인출기'를 ATM이라고 해요. automated teller machine의 약자이지요.

2주 5일
학습 끝!

붙임 딱지 붙여요.

money

'돈'을 의미하는 단어로 가장 많이 쓰이는 것 중 하나가 money예요. money 중에서 '동전'은 coin이라고 하고, '수표'는 check 라고 하지요.

fund

'어떤 특정한 목적을 위해 모은 돈'을 fund 라고 해요. 정부 자금이나 재난 구호 기금 들을 모두 fund라고 할 수 있지요.

QR 찍고 발음 듣기

푸른 잎 가운데 붉은 꽃 한 송이, '홍일점'

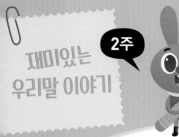

중국 송나라 때 왕안석이라는 정치가가 있었어요.

어느 봄날, 세상은 온통 새잎이 돋아 푸른빛으로 가득했어요.

날씨가 좋으니 산책을 해 볼까?

왕안석이 길을 따라 걸을 때였어요.

아니!

그의 눈에 온통 푸른 잎으로 가득한 나무에 빨간 꽃 한 송이가 피어 있는 것이 보였지요.

그러합니다.

참으로 아름다운 꽃이로구나.

이 꽃을 보니 시구가 떠오르는구나.

시구요?

홍일점(붉을 홍 紅, 한 일 一, 점 점 點): 푸른 잎 가운데 피어 있는 한 송이 붉은 꽃을 의미해요.
남자들 사이에 여자가 한 명 끼어 있는 것을 나타내기도 하지요.

왕안석은 꽃을 본 순간의 마음을 그 자리에서 시로 적었어요.

'萬綠叢中 紅一點,
만록총중 홍일점

動人春色 不須多'
동 인 춘 색 불 수 다

온통 푸른 잎 가운데
빨간 점 하나
사람을 즐겁게 하는
봄의 경치는
그것으로 충분하네.

왕안석이 쓴 이 시의 구절에서 따온 말이 바로 '홍일점'이에요.

여럿 가운데서 뛰어난 하나를 가리킬 때나 많은 남자 중에 여자가 한 명 있는 것을 비유적으로 나타낼 때 쓰이지요.

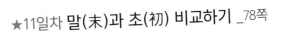

contents

토닥이와 함께
파이팅!

PART 2

PART2에서는 상대어나 주제어를 중심으로
관련이 있는 낱말들을 연결해서 배워요.

말(末)과 초(初) 비교하기

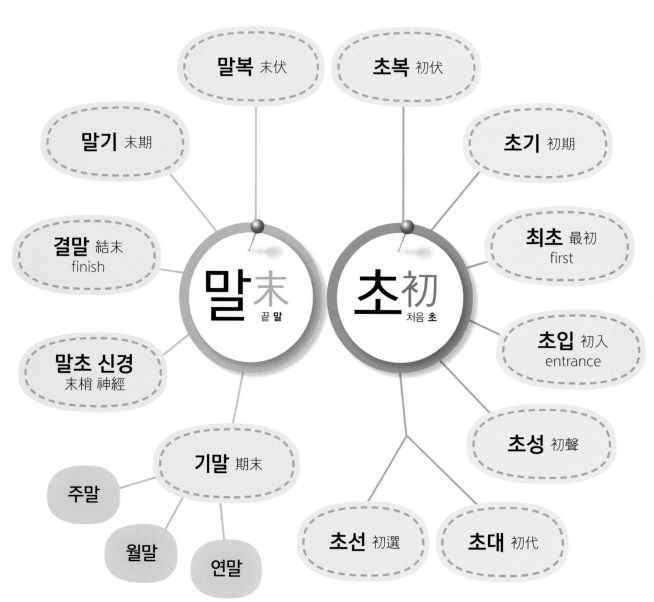

말복 末伏

초복 初伏

말기 末期

초기 初期

결말 結末
finish

최초 最初
first

말 末
끝 말

초 初
처음 초

초입 初入
entrance

말초 신경
末梢 神經

초성 初聲

기말 期末

주말

월말

연말

초선 初選

초대 初代

1 지율이가 징검다리를 건너려고 해요. 낱말에 대해 바르게 설명한 것을 모두 찾아 색칠해 보세요.

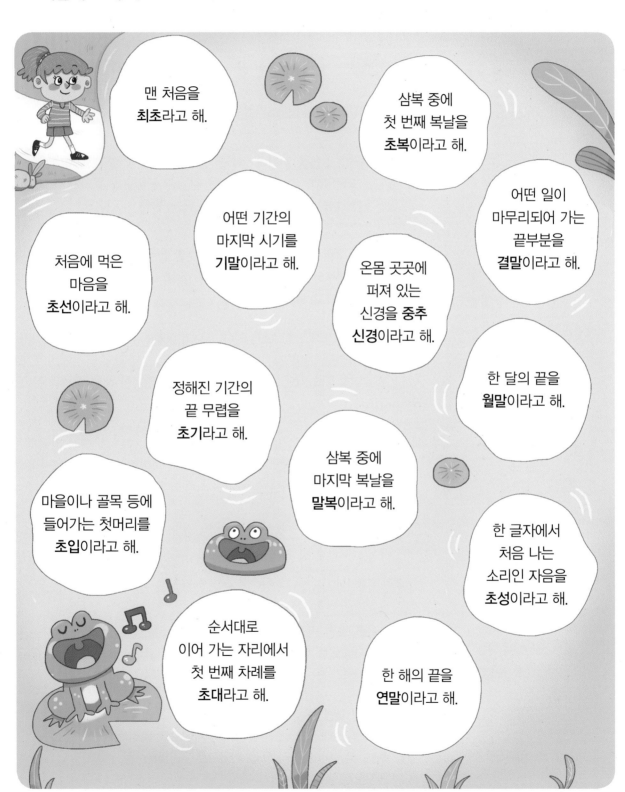

79

말복 vs 초복
末(끝 말) 伏(엎드릴 복)
初(처음 초) 伏(엎드릴 복)

여름 더위에 억눌려(엎드릴 복, 伏) 무더운 날을 '복날'이라고 해요. 첫 번째 복날은 초복, 두 번째는 중복, 마지막은 말복이라 하고 이 셋을 통틀어 '삼복'이라고 하지요.

말기 vs 초기
末(끝 말) 期(기약할 기)
初(처음 초) 期(기약할 기)

말기는 정해진 기간이나 일이 끝나 가는 시기를 뜻해요. 예를 들어, '전쟁 말기', '질병의 말기'처럼 쓰지요. 상대어로, 정해진 기간이나 일의 처음(처음 초, 初)이 되는 시기인 초기가 있어요.

결말
結(맺을 결) 末(끝 말)

많은 사람들이 소설을 읽거나 영화를 볼 때 결말이 어떻게 될지 궁금해해요. 결말은 어떤 일이 마무리되는(맺을 결, 結) 끝부분을 뜻하지요. 상대어로, 어떤 일이 처음으로 벌어지는 것을 뜻하는 '발단'이 있어요.

말초 신경
末(끝 말) 梢(나무 끝 초)
神(귀신 신) 經(지날/글 경)

'신경'은 뇌와 척수, 그리고 몸 곳곳에 필요한 정보를 전달하는 조직이에요. 뇌와 척수로 이루어진 신경을 '중추 신경', 온몸 구석구석에 퍼져 있는 신경을 말초 신경이라고 해요.

기말
期(기약할 기) 末(끝 말)

기말은 어떤 기간이나 한 학기가 끝나는 시기예요. 그래서 학기의 끝 무렵에 치르는 시험을 '기말고사'라고 해요. '주말'은 한 주일의 끝 무렵으로, 토요일, 일요일을 가리켜요. 한 달의 끝 무렵은 '월말', 한 해의 끝 무렵은 '연말'이지요.

최초
最(가장 최) 初(처음 초)

최초는 맨(가장 최, 最) 처음을 뜻해요. '세계 최초', '최초의 여성 비행사'처럼 써요. 이전에 없던 것을 처음으로 해냈다는 의미로, 주로 긍정적인 뜻을 나타내요. 상대어로 맨 나중을 뜻하는 '최종'이 있지요.

초입
初(처음 초) 入(들 입)

길이나 마을 등 어떤 공간에 들어가는 첫 부분을 초입이라고 해요. 고유어로 '입새'라고 하지요. 어떤 시기나 일이 시작되는 부분을 의미하기도 해요.

초성
初(처음 초) 聲(소리 성)

우리 글자를 보면 받침이 없는 글자는 자음+모음, 받침이 있는 글자는 자음+모음+자음으로 이루어져 있어요. 이때 첫 소리인 자음을 초성이라고 해요. 가운데 모음은 '중성', 끝의 자음은 '종성'이지요.

초대/초선
初(처음 초) 代(대신할 대)
選(가릴 선)

'초대 대통령'처럼 순서대로 이어지는 어떤 자리나 위치의 첫 차례를 초대라고 해요. 선거에서 처음으로 뽑히는 것을 초선, 무용이나 연극 등을 처음으로 공연하는 것을 '초연'이라고 하지요.

우리 몸의 신경계

우리 몸의 안과 밖에서 일어나는 여러 가지 자극을 받아들이고, 그 자극을 분석하고 판단하여 관련된 곳에 전달하는 기관을 통틀어 '신경계'라고 해요. 사람의 신경계는 크게 뇌와 척수로 이루어진 '중추 신경계'과 중추 신경계에서 뻗어 나와 온몸의 구석구석에 연결되어 있는 '말초 신경계'로 구성되어 있어요. 그럼 각각 어떤 역할을 하는지 알아볼까요?

감각 기관 우리 몸은 시각(눈), 청각(귀), 후각(코), 미각(혀), 촉각(피부) 등의 감각 기관으로 주변의 다양한 자극을 받아들여요. 감각 기관에는 말초 신경이 촘촘히 뻗어 있어요. 말초 신경은 감각 기관이 받은 자극을 중추 신경계에 전달해요.

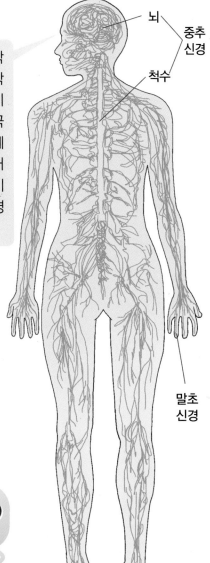

뇌

중추 신경

척수

말초 신경

중추 신경계 뇌와 척수로 이루어져 있어요. 뇌는 생각과 감정, 행동을 조절하는 기관이고, 척수는 말초 신경계에서 받아들인 자극을 뇌에 전달하는 역할을 해요. 뇌는 감각 기관에서 받아들인 자극을 종합적으로 판단한 다음, 말초 신경에 적절한 명령을 내려요.

말초 신경은 중추 신경과 연결되어 온몸에 뻗어 있구나!

말초 신경계 중추 신경계와 몸의 각 부분을 연결해 주는 모든 신경을 말해요. 말초 신경계는 온몸에서 받아들인 정보를 중추 신경계에 전달하고, 중추 신경계로부터 운동 명령을 받아 관련된 기관에 전달하지요.

1 빈칸에 들어갈 낱말을 순서대로 짝 지은 것을 골라 보세요. (   )

> 우리나라 ㉮ (으)로 곤충들이 주인공으로 출연한 영화가 개봉됩니다.
> 이 영화는 극적인 전개와 충격적인 ㉯ 이 매우 인상적이랍니다.

① ㉮ 최고, ㉯ 결정

② ㉮ 최소, ㉯ 결단

③ ㉮ 최초, ㉯ 결말

④ ㉮ 최종, ㉯ 결론

2 속뜻짐작 다음 대화의 '말' 자와 '초' 자처럼 서로 반대의 뜻을 가진 한자가 들어간 문장을 모두 골라 보세요. (,   ,   )

① **초복**에서 **말복**까지는 20일 정도 차이가 나요.

② 나는 예전부터 **초록색**을 **정말** 좋아했어요.

③ 촌장은 마을 **초입**에 자리 잡은 집에서 **말년**을 보냈어요.

④ 그 화가는 **초기** 작품보다 **말기** 작품으로 더 유명해졌어요.

3 속뜻짐작 '처음'과 관련된 낱말에는 ○, '끝'과 관련된 낱말에는 △ 하세요.

초보	주말	초급	초면
말단	초등	말미	말일

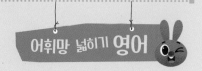
'처음'과 '끝'을 의미하는 영어 단어는 여러 가지가 있어요.
어떤 단어들이 있는지 함께 알아보아요.

begin

begin은 '시작하다, 출발하다'라는 의미를 가진 단어예요. 같은 뜻의 단어로 start가 있어요. begin에 -ing가 붙은 beginning은 '시작, 출발'이라는 뜻이지요.

end, ending

end(ending)는 '끝, 결말'을 뜻해요. 같은 의미를 가진 단어로 finish가 있지요. 영화가 끝나면 영화에 대한 각종 정보가 담긴 자막이 올라오지요? 이를 end title이라고 해요.

3주 1일
학습 끝!

붙임 딱지 붙여요.

first

first는 '첫, 첫 번째, 처음'이라는 뜻이에요. '우선, 먼저' 또는 '첫째의, 일등의'라는 의미도 있지요. 무언가를 한 '최초의 인물'을 표현할 때는 the first라고 써요.

It's the first time it snowed this year!
(올해의 첫눈이 왔어요.)

last

last는 '마지막의, 최후의, 끝의'라는 뜻이에요. last night(지난밤)에서처럼 '바로 앞의, 지난'이라는 의미를 표현할 때도 사용해요.

She was last to arrive.
(그녀가 마지막에 도착했어요.)

QR 찍고 발음 듣기

노(勞)와 사(使) 비교하기

12

3주

공부한 날짜

□ 월 □ 일

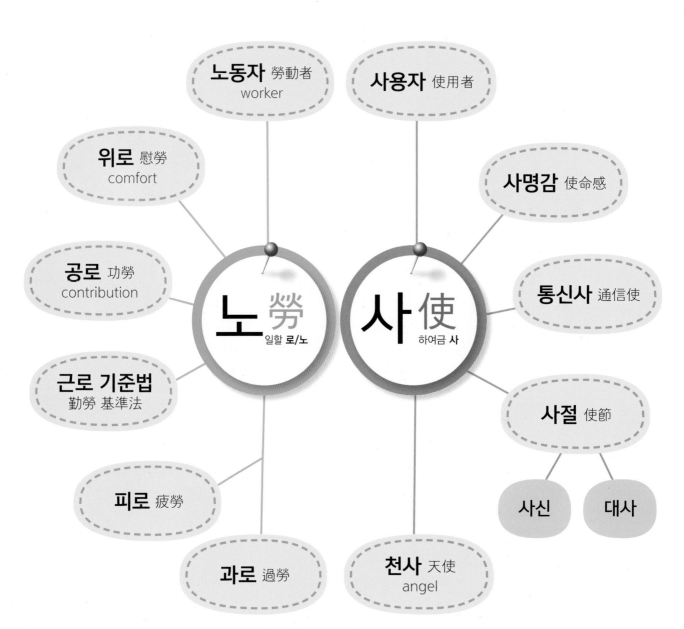

노동자 勞動者 worker

사용자 使用者

위로 慰勞 comfort

사명감 使命感

공로 功勞 contribution

통신사 通信使

노 勞 일할 로/노

사 使 하여금 사

근로 기준법 勤勞 基準法

사절 使節

피로 疲勞

사신　대사

과로 過勞

천사 天使 angel

1 표지판에 적힌 뜻풀이를 읽고, 알맞은 낱말을 찾아 선으로 이어 보세요.

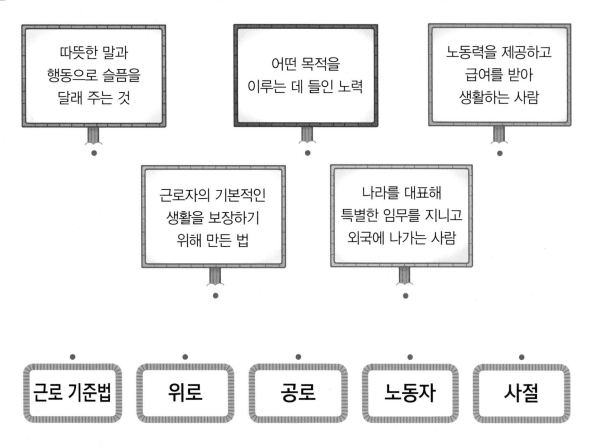

따뜻한 말과
행동으로 슬픔을
달래 주는 것

어떤 목적을
이루는 데 들인 노력

노동력을 제공하고
급여를 받아
생활하는 사람

근로자의 기본적인
생활을 보장하기
위해 만든 법

나라를 대표해
특별한 임무를 지니고
외국에 나가는 사람

| 근로 기준법 | 위로 | 공로 | 노동자 | 사절 |

2 낱말의 뜻풀이를 읽고, 빈칸에 알맞은 글자를 써 보세요.

① 일을 많이 해서 몸과 마음이 지치고 힘든 상태 　□ 로

② 임금의 명령을 받고 외국에 사절로 가던 신하 　□ 신

③ 노동자를 고용하고 그에 대한 보수를 주는 사람 　□ □ 자

④ 조선 시대에 일본에 외교 업무를 보기 위해 가던 사신 　통 □ □

노동자 vs 사용자
勞(일할 로/노) 動(움직일 동)
者(사람 자) 使(하여금 사) 用(쓸 용)

노동자는 노동력을 제공하고 받은 임금으로 생활하는 사람이에요. 비슷한말로 '근로자'가 있지요. 반면 **사용자**는 노동자를 고용하고, 노동자에게 보수를 지급하는 사람이에요. 노동자와 사용자를 아울러서 '노사'라고 해요.

위로
慰(위로할 위) 勞(일할 로/노)

몹시 지치고 힘들 때 누군가의 말 한마디가 마음을 달래 줄 때가 있어요. 이처럼 따뜻한 말이나 글, 행동 등으로 다른 사람의 괴로움을 덜어 주거나 슬픔을 달래 주는 것을 **위로**라고 해요.

공로
功(공 공) 勞(일할 로/노)

졸업식 때 전교 어린이 회장에게는 공로상을 주기도 해요. 학교에서 많은 일을 해서 수고했다는 의미로 주는 것이지요. 이처럼 **공로**는 일을 하거나 목적을 이루는 데 들인 노력과 수고를 말해요.

근로 기준법
勤(부지런할 근) 勞(일할 로/노)
基(터 기) 準(법도 준) 法(법 법)

근로 기준법은 근로자가 안정적으로 보수를 받고, 안전한 환경에서 일하며, 혹시 다치더라도 보상을 받을 수 있게 해 주는 등 근로자의 기본적인 생활을 보장하기 위해 만든 법이에요.

피로/과로
疲(피곤할 피) 勞(일할 로/노)
過(지날 과)

피로는 많은 일을 해서 몸과 마음이 지치고 힘든 상태를 말해요. 피로가 계속 쌓이면 건강에 해롭지요. 이런 피로를 만드는 원인이 바로 과로예요. **과로**는 견뎌 낼 수 없을 정도로 지나치게 일을 많이 하는 거예요.

사명감
使(하여금 사) 命(목숨 명)
感(느낄 감)

'사명'은 맡겨진 임무를 뜻해요. **사명감**은 맡겨진 임무를 잘 해내려는 마음가짐이에요. '투철한 사명감을 가지고 일하다.'처럼 쓰지요. 사명감이 강한 사람은 그렇지 못한 사람에 비해 더 노력하고 열정적으로 일해요.

통신사
通(통할 통) 信(믿을 신)
使(하여금 사)

통신사는 조선 시대에 일본에 외교 업무를 보기 위해 가던 사신을 말해요. 지금의 외교관이지요. 조선 통신사는 일본을 총 20회에 걸쳐 방문하여 서로 문화를 교류했어요. 나중에는 '수신사'로 이름을 바꾸었지요.

사절
使(하여금 사) 節(마디 절)

사절은 나라를 대표하여 외교의 임무를 가지고 외국에 나가는 사람을 말해요. 예전에는 '사신'이라고 불렀고, 지금은 '외교관'이라고 하지요. 가장 높은 직급을 가진 외교관을 '대사'라고 해요.

천사
天(하늘 천) 使(하여금 사)

천사는 하늘에서 인간 세계로 내려와 신의 뜻을 전달한다고 여겨지는 존재예요. 인간을 돕고 보살피는 역할을 하기 때문에 착한 사람을 천사에 비유하지요. 그래서 간호사를 '백의의 천사'라고 부르기도 해요.

근로 기준법과 노동 삼권

노동자는 안정적인 고용 상태에서 정당한 임금을 받으며 일하고 싶어 해요. 하지만 사용자가 내세우는 조건이 노동자의 기대에 맞지 않는 경우가 생겨요. 이때 사용자는 회사나 가게를 가지고 있어서 노동자보다 유리해요. 그래서 국가는 노동자의 이익을 보호하기 위하여 다양한 제도를 마련해 두었는데, 대표적인 것이 '근로 기준법'과 '노동 삼권'이에요. '근로 기준법'은 노동자의 근무 시간을 법으로 정해 두었으며, 노동자가 일을 하다 다치면 사용자가 치료를 해 주도록 규정하고 있어요. '노동 삼권'은 노동자가 가지고 있는 기본적인 세 가지 권리로 '단결권', '단체 교섭권', '단체 행동권'을 말해요. 아래 그림에서 각 권리의 내용을 살펴볼까요?

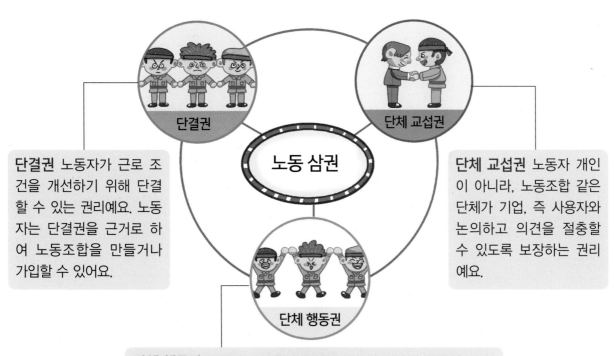

단결권 노동자가 근로 조건을 개선하기 위해 단결할 수 있는 권리예요. 노동자는 단결권을 근거로 하여 노동조합을 만들거나 가입할 수 있어요.

단체 교섭권 노동자 개인이 아니라, 노동조합 같은 단체가 기업, 즉 사용자와 논의하고 의견을 절충할 수 있도록 보장하는 권리예요.

단체 행동권 노동자가 사용자에 맞서기 위해 단체로 행동할 수 있는 권리예요. 일을 하지 않는 파업이 대표적인 단체 행동이에요. 하지만 반드시 법의 범위 안에서 이루어져야 하지요.

'노사정(일할 로/노 勞, 하여금 사 使, 정사 정 政)'이란, 노동자, 사용자, 정부를 말해요. '노사정 위원회'는 대통령 자문 기구로 노동자, 사용자, 정부를 대표하는 위원들로 이루어져 있어요. 이들은 정기적으로 모여 노사 협력과 고용 안정 등의 문제를 해결하기 위해 노력하지요.

1 사람들의 말을 읽고, 초성 힌트를 참고해 빈칸에 들어갈 낱말을 써 보세요.

| ㅍ | ㄹ | | ㅅ | ㅁ | ㄱ | | ㅊ | ㅅ |

2 ( ) 안의 글자들을 이용해 문장에 알맞은 낱말을 써 보세요.

(자노동)은/는
일자리 환경을 개선하기 위해
서로 단결할 권리가 있어요.

식당을 운영하며
직원을 고용한 사람도
(용자사)(이)라고 할 수 있어요.

조선 시대에 일본에 건너간
(신사통)은/는 양국의 문물 교류에
큰 역할을 했어요.

아르바이트를 하는 사람도
(기법로근준)(으)로 근로자의
권리를 보호받을 수 있어요.

3 속뜻짐작 뜻풀이를 읽고, 알맞은 낱말을 찾아 선으로 이어 보세요.

특별한 임무를 띠고
외국에 파견되는 사람 •

• 밀사

어떤 명령을 비밀스럽게
가지고 가는 사람 •

• 특사

사람들은 제각기 다양한 일을 하며 살아요.
노동에 관련된 영어 단어를 살펴보아요.

labor

labor는 '노동, 수고'의 뜻을 갖고 있어요.
'힘든 노동'은 heavy labor, '강제 노동'은
forced labor라고 해요. work도 '노동'이
란 뜻이 있어요.

owner

owner는 '주인, 소유주'란 뜻이 있어요.
homeowner는 '집주인', landowner는
'땅의 주인'을 의미해요. '회사나 기업의 소
유자'도 owner라고 하지요.

3주 2일
학습 끝!

붙임 딱지 붙여요.

employee

employee는 '고용인'이란 뜻을 갖고 있
어요. 고용인이란, 고용하는 사람에 의해
서 고용이 된 사람을 말해요. 즉, 노동자
(worker)와 같은 의미이지요.

employer

employer는 employee와 반대로 돈을 주
고 일을 시키는 사람이에요. 우리말로는
'고용주'라고 해요.

QR 찍고 발음 듣기

득(得)과 실(失) 비교하기

앗, 실수다!

실수를 했는데 이득이 생겼네!

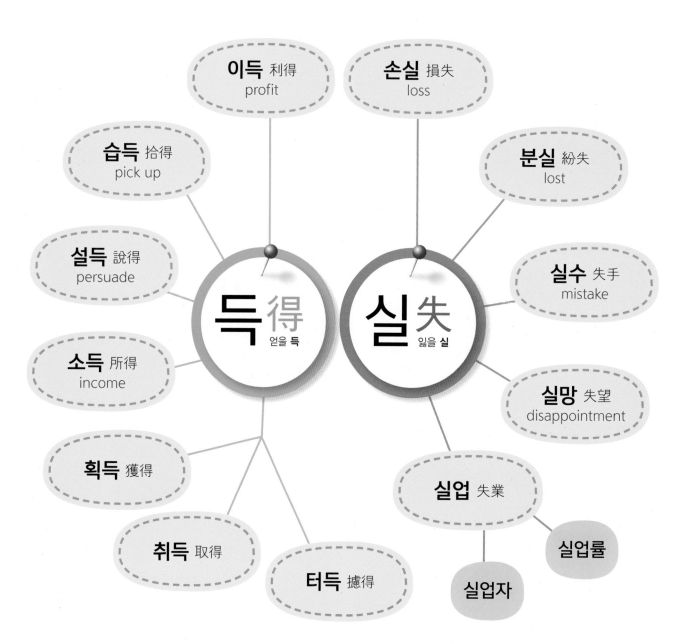

이득 利得
profit

손실 損失
loss

습득 拾得
pick up

분실 紛失
lost

설득 說得
persuade

실수 失手
mistake

득得
얻을 득

실失
잃을 실

소득 所得
income

실망 失望
disappointment

획득 獲得

실업 失業

취득 取得

터득 攄得

실업자

실업률

1 '득(得)'과 '실(失)' 자가 들어간 낱말의 뜻풀이를 읽고, 빈칸에 알맞은 글자를 써 보세요.

뜻풀이	빈칸	
이익을 얻음.	☐	
주워서 얻음.	☐	
일을 해서 얻게 되는 여러 가지 이익	☐	**득** (得)
상대가 나의 의견을 따르도록 여러 가지로 이야기함.	☐	
깊이 생각하여 깨달음을 얻게 됨.	☐	
노력해서 얻어 냄.	☐	
자신의 자격과 관련된 것을 얻음.	☐	

자기도 모르게 어떤 것을 잃어버림.	☐	**실** (失)	☐	일자리를 잃거나 얻지 못함.
잃어버리거나 모자라게 되어 손해를 봄.	☐		☐	바라는 일이 생각대로 되지 않아 마음이 상함.
			☐	조심하지 못하여 잘못함.

이득 vs 손실
利(이로울 리/이) 得(얻을 득)
損(덜 손) 失(잃을 실)

이득은 이익을 얻는 거예요. 뉴스에서 종종 들을 수 있는 '부당 이득'은 정당하지 못한 방법으로 얻은 이득을 말하지요. **손실**은 이득의 상대어로, 잃어버리거나 모자라게 되어 손해를 보는 거예요. '원금 손실'은 투자한 돈을 잃어 손해를 보는 것을 뜻하지요.

습득 vs 분실
拾(주울 습) 得(얻을 득)
紛(어지러울 분) 失(잃을 실)

습득은 주워서 얻는 일이에요. '익힐 습(習)' 자가 붙어서 학문, 지식을 배운다는 뜻을 나타내는 '습득'과 구분해서 써야 해요. **분실**은 자기도 모르는 사이에 물건 등을 잃어버리는 거예요.

설득
說(말씀 설) 得(얻을 득)

설득은 상대방이 이쪽 편의 의견을 따르도록 말(말씀 설, 說)로 깨우쳐 주는 거예요. 상대방을 설득할 때는 적절한 근거를 들어서 논리적으로 말해야 해요.

소득
所(바 소) 得(얻을 득)

소득은 경제 활동의 대가로 얻는 이익이에요. 노동자는 노동력을 제공하여 임금을 받고, 땅을 빌려준 사람은 지대를 받으며, 돈을 빌려준 사람은 이자를 받지요. 이때 임금, 지대, 이자 등이 소득에 해당돼요.

획득/취득
獲(사로잡을 획) 得(얻을 득)
取(가질 취)

획득은 노력해서 얻어 내는 거예요. '메달 획득'처럼 힘들게 얻는다는 뜻이 담겨 있어요. **취득**은 자격이나 권리를 따내는 거예요. '면허증 취득'처럼 쓰지요. '터득'은 깊이 생각해 깨달음을 얻는 것으로, '원리를 터득하다.'처럼 써요.

실수
失(잃을 실) 手(손 수)

시험을 볼 때 아는 문제인데도 덤벙대다가 틀린 적이 있지요? 이런 걸 실수라고 해요. **실수**는 조심하지 않아서 잘못하는 것을 말하지요. 말을 잘못해서 하는 실수를 '말실수'라고 하고, 야구에서의 실수는 '실책'이라고 해요.

실망
失(잃을 실) 望(바랄 망)

실망은 바라던(바랄 망, 望) 일이 생각대로 되지 않아 기분이 몹시 상하는 것을 말해요. 비슷한말로 '실의'가 있지요. 한편 더 이상 무엇을 바랄 수도 없어서 희망을 완전히 끊어 버린(끊을 절, 絕) 상태를 '절망'이라고 해요.

실업
失(잃을 실) 業(일 업)

실업은 일자리(일 업, 業)를 잃는(잃을 실, 失) 것이에요. 일자리를 잃은 사람은 '실업자'라고 해요. 그리고 일할 마음도 있고 능력도 있는 사람 중에 실업자가 차지하는 비율을 '실업률'이라고 하지요.

소득의 양극화를 해소하는 정책

'소득의 양극화'란 소득이 많은 사람과 소득이 적은 사람의 소득 차이가 점점 벌어지고 있다는 말이에요. 다른 말로 '빈부 격차의 심화'라고 하지요. 소득의 양극화가 심해지면 가난한 사람들의 불만이 쌓여 사회가 혼란스럽고 사람들은 일할 마음이 생기지 않아 국가 경제가 약해질 수 있어요. 그래서 정부에서는 빈부 격차를 줄이기 위해 다양한 정책을 펼치고 있지요.

1. **소득에 따라 달라지는 소득세** '소득세'는 소득이 있는 사람이 내는 세금이에요. 이 소득세는 소득에 따라 부과되는 비율이 달라요. 소득이 많은 사람은 많은 금액을 세금으로 내고, 소득이 적은 사람은 적은 금액의 소득세를 내지요.

2. **모든 국민을 대상으로 한 보편적 복지** 초등학교, 중학교에서 무료로 교육받고, 무상 급식을 먹고, 의료 보험의 혜택을 받는 것 등을 말해요. 보편적 복지는 모든 국민을 대상으로 이루어지는 복지 정책이에요.

3. **저소득층을 위한 복지** 소득이 적거나 없는 저소득층이 기본적인 생활을 하도록 생활비, 의료비 등을 지원하는 '국민 기초 생활 보장법'이 대표적이에요. 직업이 없는 사람에게 일자리를 알아봐 주는 취업 지원 정책도 있어요.

4. **개인 및 시민 단체의 지원** 정부 외에도, 개인이나 시민 단체 등이 '불우 이웃 돕기 운동', '무료 공부방 운영', '의료 지원' 등 저소득층을 돕기 위해 다양한 활동을 하고 있어요.

1 ( ) 안에서 알맞은 낱말을 골라 ○ 하세요.

① 작은 실수 때문에 큰 (**손실** / **분실**)을 입었어요.

② 나를 (**소득** / **설득**)하려면 정확한 근거를 제시해 보세요.

③ 끊임없이 연습한 결과 마침내 요령을 (**획득** / **터득**)할 수 있었어요.

④ '어부지리'란 두 사람이 서로 다투는 사이에 엉뚱한 사람이 (**이득** / **소득**)을 얻는다는 뜻이에요.

2 밑줄 친 낱말에서 '실' 자에 담긴 뜻이 다른 것을 고르세요. ( )

① 잃어버린 가방을 찾으러 **분실물** 센터에 갔어요.

② 아버지의 **실업**으로 우리 집의 형편이 갑자기 나빠졌어요.

③ 형은 이번 올림픽에서 금메달을 획득하지 못해서 **실망**하고 말았어요.

④ 나는 **거실** 바닥을 반짝반짝 빛이 나도록 닦았어요.

3 속뜻짐작 대화를 읽고 상황에 어울리는 사자성어를 찾아 ○ 하세요.

자업자득   소탐대실   일거양득   득의양양

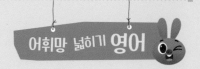

일을 해서 얻는 이득인 '소득'을 영어로는 무엇이라고 할까요?
소득을 나타내는 다양한 영어 단어를 함께 알아보아요.

income

income은 '소득, 수입'의 뜻을 갖고 있어요. '고소득'은 high income, '저소득'은 low income이라고 해요. 소득의 반대인 '지출'은 expense라고 해요.

earnings

earnings도 '소득, 수입'이란 뜻을 갖고 있어요. income이 노후에 받는 연금처럼 일정하게 들어오는 소득이라면, earnings는 주로 일을 하고 얻는 소득을 가리켜요.

3주 3일
학습 끝!

붙임 딱지 붙여요.

salary

salary는 월 단위로 받는 '월급'을 가리켜요. 샐러리맨(급여생활자)이라는 표현도 여기서 나온 말이에요. 주 단위로 받는 임금은 wage라고 해요.

paycheck

pay에도 '임금, 급여'라는 뜻이 있어요. 여기에 check가 붙은 paycheck도 같은 뜻이에요. 주마다 받는 '주급'은 a weekly paycheck이고, 월마다 받는 '월급'은 a monthly paycheck이라고 해요.

QR 찍고 발음 듣기

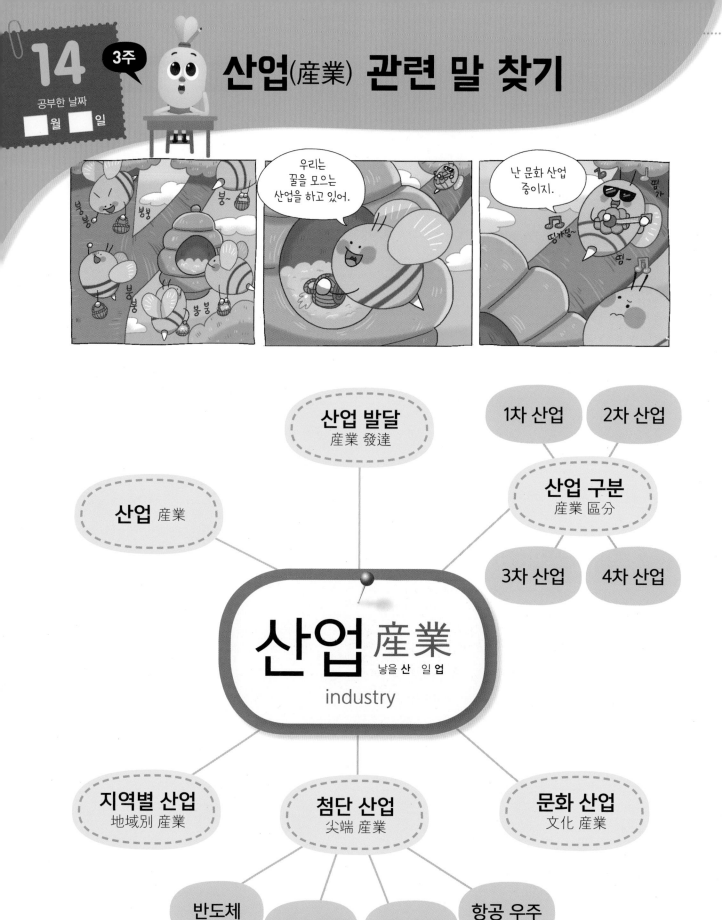

산업(産業) 관련 말 찾기

1 설명을 읽고, 초성 힌트를 참고해서 알맞은 낱말을 써 보세요.

사람에게 필요한 물건과 서비스를 만드는 활동	ㅅ	ㅇ		

영화, 드라마, 게임, 책 등을 만드는 산업	ㅁ	ㅎ	ㅅ	ㅇ

생명 현상과 생물의 기능을 인위적으로 조작하는 기술	ㅅ	ㅁ	ㄱ	ㅎ

2 ( ) 안에 알맞은 낱말을 찾아 번호를 써 보세요.

자연을 이용해 필요한 물품을 얻거나 생산하는 농업, 어업, 목축업 등의 산업을 ( )이라고 해요.

자연에서 얻은 자원으로 새로운 물건을 생산하는 산업을 ( )이라고 해요.

공장이나 기업에서 생산된 물품을 소비자에게 판매하거나 각종 서비스를 제공하는 산업을 ( )이라고 해요.

정보 통신, 의료, 교육 등 지식과 기술이 뭉쳐서 이루어지는 새로운 형태의 산업을 ( )이라고 해요.

① 1차 산업   ② 2차 산업   ③ 3차 산업   ④ 4차 산업

인류는 먼 옛날부터 먹고, 입고, 자는 문제를 해결하기 위해 끊임없이 생산 활동을 해 왔어요. 그와 더불어 산업이 발달했지요. 산업과 관련된 낱말을 살펴보면서, 산업이 어떻게 발전되어 왔고 앞으로의 산업은 어떤 모습일지 알아보기로 해요.

산업
産(낳을 산) 業(일 업)

사람에게 필요한 여러 가지 물건과 서비스를 만드는 활동을 **산업**이라고 해요. 우리 생활에서 산업과 관련이 없는 활동을 찾기 힘들 정도로 사회의 모든 분야가 산업과 관련되어 있어요.

산업 발달
發(필 발) 達(통달할 달)

오래전에 사람들이 사냥, 채집을 하던 때부터 산업이 시작되었어요. 이어서 농업, 목축업이 발달하고, 한참 뒤에는 제조업, 서비스업 등이 발달했지요. **산업 발달**을 시대별로 좀 더 살펴볼까요?

원시 사회 사냥을 하거나 산이나 들에 있는 열매를 따서 먹었어요.

고대 및 중세 사회 주로 농사를 짓고, 가축을 길렀어요.

근대 사회 과학의 발달로 기계를 이용해 공장에서 물건을 생산했어요.

현대 사회 서비스 산업의 비중이 커지고, 첨단 산업이 발달하고 있어요.

산업 구분
區(나눌 구) 分(나눌 분)

▲ 자연을 직접 이용하는 1차 산업

산업은 사람들에게 필요한 물건과 서비스를 어떻게 만들어 내느냐에 따라 구분할 수 있어요.

- **1차 산업** 농업, 임업, 수산업, 목축업처럼 자연을 직접 이용해서 생산물을 얻는 산업이에요.
- **2차 산업** 1차 산업의 생산물을 이용해 필요한 물건을 만드는 산업으로 제조업, 건축업 등이 해당돼요.
- **3차 산업** 1, 2차 산업의 생산물을 이동, 판매하거나 사람들에게 서비스를 제공하는 산업으로 운송업, 상업, 관광업 등이 해당돼요.
- **4차 산업** 지식과 기술을 이용한 산업이에요. 정보 통신, 의료, 교육 등이 해당돼요.

문화 산업
文(글월 문) 化(될/변화할 화)

영화, 드라마, 음악, 게임, 책 등 다양한 문화 콘텐츠를 만들고 유통하는 일에 관련된 산업을 **문화 산업**이라고 해요. 문화 산업은 경제가 성장할수록 더욱 발전하는 특징이 있어요. 경제가 발달하고 여가 시간이 늘어나면서 사람들은 다양한 문화 콘텐츠를 원하게 되기 때문이지요. 우리나라는 얼마 전까지만 해도 해외의 문화 콘텐츠를 많이 수입했지만, 요즘에는 우리나라의 음악, 영화, 드라마 등을 전 세계로 수출하면서 우리나라를 알리고, 많은 관광객을 불러들이고 있어요.

첨단 산업
尖(뾰족할 첨) 端(바를 단)

▲ 로봇을 이용한 첨단 산업

첨단 산업은 고도로 발전된 기술로 물건을 만드는 산업이에요. 한 번 만들어지면 농업, 수산업, 문화 산업 등 다른 산업 분야에 끼치는 영향이 크지요. 들이는 에너지나 돈에 비해 경제적인 효과도 커서 미래에 더욱 발달될 것으로 전망되는 산업이에요. 그중 미래 사회를 이끌 첨단 산업으로는 대부분의 전자 제품에 들어가는 '반도체', 질병을 치료하고 식량 문제를 해결해 줄 '생명 공학', 인간의 수고를 혁신적으로 덜어 줄 '로봇, 컴퓨터' 공학, 우주여행의 꿈을 실현시켜 줄 '항공 우주' 산업 등이 꼽혀요.

지역별 산업
地(땅 지) 域(지경 역) 別(다를 별)

지역마다 그 지역의 자연환경과 여건에 따라 발달한 산업이 달라요. 우리나라의 **지역별 산업**은 어떤지 알아볼까요?

• **서울·경기도** 인구가 많고 교통이 발달해서 공업이 고르게 발달해 있어요. 특히 첨단 산업과 서비스업이 발달했지요.
• **강원도** 산과 바다가 있어 임업, 광업, 수산업 등이 발달했어요.
• **충청도** 바다와 접한 지역은 양식업이 발달했어요. 남한의 가운데에 있어 교통이 발달했고, 공업이 빠르게 발전하고 있어요.
• **전라도** 옛날부터 농업이 발달했던 곳이지만 공업 단지가 많이 들어서면서 제조업이 발달하고 있어요.
• **경상도** 큰 공업 단지와 항구가 많아 공업과 제철업, 조선업 등이 발달했어요.
• **제주도** 자연 경관이 뛰어나 관광업이 발달했고, 농업과 어업이 발달했어요.

1 서로 관련 있는 것끼리 선으로 이어 보세요.

1차 산업 • • 1·2차 산업의 생산물을 운송, 판매하거나 서비스를 제공하는 산업이에요.

2차 산업 • • 자연을 직접 이용해서 생산물을 얻는 산업이에요.

3차 산업 • • 지식과 기술이 집약된 새로운 형태의 산업이에요.

4차 산업 • • 1차 산업의 생산물을 이용해 물건을 만드는 산업이에요.

2 대화를 읽고 어떤 산업에 관련된 내용인지 골라 보세요. (   )

이번 실험 결과는 어떤가요?

이제 암을 이겨 낼 수 있는 날도 멀지 않았어.

① 항공 우주
② 생명 공학
③ 반도체
④ 제조업

3 속뜻 짐작 미래에 발달할 산업에 대한 설명을 읽고, 어떤 산업인지 초성을 참고해 써 보세요.

노인을 위한 상품 제조나 서비스에 관련된 산업을 말해요. 나이가 들면 머리카락 색이 은색이 되는 데에서 따온 말이에요.

ㅅ ㅂ 산 업

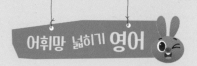

미래에 사람들의 삶을 변화시킬 첨단 산업에는 어떤 것들이 있는지
함께 알아볼까요?

biotechnology industry 생명 공학 산업

생명 공학 산업은 생명 현상을 다루는 일과 관련된 산업이에요. 유전자를 조작해 특정 기능을 극대화시키기도 하고, 생물을 이용해 치료약이나 치료법 등을 개발하기도 하지요. biotechnology(생명 공학)는 biology(생물학)와 technology(기술)의 합성어예요.

3주 4일
학습 끝!

붙임 딱지 붙여요.

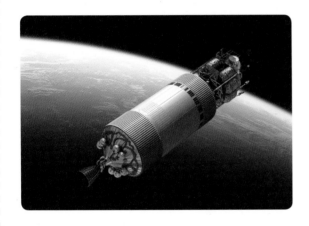

aerospace industry 항공 우주 산업

항공 우주 산업은 비행기, 우주선 등을 만들고 수리하는 모든 활동을 말해요. 항공 우주 산업은 다른 산업보다도 위험 부담이 크고 고도의 기술을 요구해요.

cultural industry
문화 산업

문화 산업은 드라마나 영화, 음악 등의 문화 콘텐츠를 만들고 유통시키는 일과 관련된 산업이에요. 문화 콘텐츠에는 그 나라의 문화(culture)가 담겨 있기 때문에, 우수한 문화 콘텐츠를 만들면 세계에 그 나라를 알리고 국가 이미지도 높일 수 있어요.

QR 찍고 발음 듣기

직업(職業) 관련 말 찾기

전문직　사무직　생산직　서비스직

직업 분류
職業 分類

생계 生計

직업 職業
벼슬/직분 **직** 일 **업**

미래 직업
未來 職業

옛날 직업
-- 職業

이색 직업
異色 職業

촌락별 직업
村落別 職業

농부　어부　광부

1 사람들의 자기소개를 읽고, 관련된 낱말을 찾아 선으로 이어 보세요.

 내 직업은 전문적인 기술이 필요한 일이야.

• 전문직

 나는 광산에서 석탄이나 철광석 캐는 일을 해.

• 사무직

 나는 반려동물을 대상으로 사진 찍는 일을 해.

• 광부

 내 일은 주로 문서와 관련이 있어. 거의 책상에 앉아서 일을 하지.

• 어부

 나는 매일 배를 타고 바다에 나가 물고기를 잡아.

• 이색 직업

2 대화를 읽고, 무엇에 대한 내용인지 알맞은 낱말 카드를 찾아 ○ 하세요.

옛날 직업   미래 직업   촌락별 직업

직업은 생계를 유지하기 위해 지속적으로 하는 일을 말해요. 사람은 직업 활동을 하면서 자기 능력을 발휘하고, 사회 발전에 기여하지요. 그럼 직업과 관련된 낱말을 살펴보면서, 직업에 대해 좀 더 알아볼까요?

생계
生(날 생) 計(셀 계)

생계는 살아 나가기 위한 방법을 말해요. 사람이 살아가기 위해서는 여러 가지 필요한 것들이 많아요. 그래서 사람들은 직업 활동을 해서 돈을 벌고, 그것으로 집안 살림을 이어 가요.

직업 분류
分(나눌 분) 類(무리 류/유)

직업은 일의 특성이나 산업의 종류, 그 일을 하는 데 필요한 능력이나 기술 등에 따라 다음과 같이 분류할 수 있어요.

- **전문직** 전문적인 지식이나 기술이 필요한 직업이에요. 주로 시험을 거쳐 자격을 얻지요. 의사, 변호사, 회계사 등이 있어요.
- **사무직** 주로 문서를 다루는 일을 하는 직업이에요. 회사의 관리자나 컴퓨터 프로그래머 등이 속해요.
- **생산직** 각종 물건을 만드는 일을 하는 직업이에요. 공장에서 일하거나 건물을 짓는 노동자, 빵을 만드는 제빵사 등이 속해요.
- **서비스직** 물건을 판매하거나 서비스를 제공하는 직업이에요. 가게 점원, 미용사, 승무원 등이 속하지요.

촌락별 직업
村(마을 촌) 落(떨어질 락/낙) 別(다를 별)

'촌락'은 여러 집이 모여 있는 마을이에요. 크게 농촌, 어촌, 산촌으로 나눌 수 있지요. 인구가 많고 교통이 발달한 도시에는 회사원이나 공장 노동자 등이 많지만, 촌락은 자연환경에 따라 특정 직업이 발달했어요. 그럼 **촌락별 직업**에 대해 알아보아요.

- **농부** 농촌에는 논과 밭이 있어서 '농부'가 많아요. 또한 가축을 기르는 '축산업자', 꽃을 기르는 '원예업자' 등도 있지요.
- **어부** 어촌은 바닷가에 있어서 '어부'와 '양식업자'가 많아요.
- **광부** 예전에는 산촌에 광물을 캐는 '광부'가 많았지만, 요즘은 산림업이나 관광업에 종사하는 사람이 더 많아요.

이색 직업
異(다를 이/리) 色(빛 색)

'이색'은 보통과 다른 것을 뜻해요. **이색 직업**은 경제가 발전하고 사람들의 욕구가 다양해지면서 새롭게 생겨난 직업이지요. 어떤 직업이 있는지 알아보아요.

- **원예 치료사** 식물을 이용해 몸의 피로를 없애고, 마음의 상처를 치유할 수 있게 도와주는 일을 해요.
- **도그워커** 반려견을 돌볼 시간이 없는 사람들을 대신해서 반려견을 돌보고 산책시켜 주는 일을 해요.
- **폰트 디자이너** 컴퓨터나 스마트폰 등에서 사용하는 각종 글자를 '폰트'라고 하는데, 이를 디자인하는 일을 해요.
- **인터넷 게임 중독 치료사** 인터넷이나 게임에 중독된 사람을 치료하는 일을 해요.

옛날 직업

과학 기술이 발달하면서, 사라져 버린 직업이 많이 있어요. 지금은 볼 수 없는 대표적인 **옛날 직업**을 알아보아요.

- **전화 교환원** 전화를 건 사람과 전화를 받는 사람을 연결하는 일을 했어요.
- **인력거꾼** 사람이 끄는 수레인 인력거를 끄는 일을 했어요. 지금은 관광지에서 가끔 볼 수 있지요.
- **버스 안내원** 예전에는 버스에 기사 말고 안내원이 따로 있었어요. 승객들의 승하차를 돕고, 버스 요금을 받는 일을 했지요.

미래 직업
未(아닐 미) 來(올 래/내)

미래에는 더욱 다양한 직업이 생길 거예요. 지금은 낯설지만 유망한 **미래 직업**을 알아보아요.

- **사물 인터넷 개발자** 사물에 인터넷을 연결해, 사물 스스로 정보를 수집해 작동하는 기술 등을 개발해요.
- **케어 매니저** 환자나 노인을 위한 요양 서비스를 계획하고, 건강을 관리해 줘요.
- **유전 상담사** 가족들의 유전 정보를 파악해서 병을 예방하거나 치료하는 걸 도와주어요.
- **바이오 에너지 연구원** 동식물이나 음식물 쓰레기 등에서 얻는 바이오 에너지를 개발하고 연구하는 일을 해요.

1 ( )에 들어갈 낱말을 찾아 번호를 써 보세요.

(1) 각종 물건을 만드는 직업을 ( )이라고 해.

(2) 주로 문서를 다루며 책상에서 일하는 직업을 ( )이라고 해.

(3) 변호사와 같이 전문 지식과 기술이 필요한 직업을 ( )이라고 해.

(4) 물건을 팔거나 서비스를 제공하는 직업을 ( )이라고 해.

① 전문직   ② 사무직   ③ 서비스직   ④ 생산직

2 설명하는 직업과 관련이 있는 낱말 카드를 찾아 ○ 하세요.

나는 도그워커예요. 강아지를 돌볼 시간이 없는 사람들을 대신해 강아지를 산책시켜 줘요.

미래 직업   옛날 직업   이색 직업

3 속뜻짐작 다음은 직업과 관련해 최근 새롭게 생겨난 낱말에 대한 설명이에요. 설명을 잘 읽고, 밑줄 친 '이것'에 알맞은 낱말을 찾아 선으로 이어 보세요.

사업을 시작하는 '창업'과 달리 **이것**은 창조적인 아이디어를 가지고 이전에 없던 새로운 직업이나 직종을 만들어 내는 것을 뜻해요. 직업을 창조한다는 뜻을 담고 있어요.

구직
(求 구할 구, 職 벼슬/직분 직)

창직
(創 비롯할 창, 職 벼슬/직분 직)

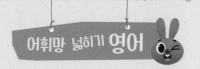

전망이 좋은 직업을 '유망 직업(promising jobs)'이라고 해요.
미래 유망 직업에는 어떤 것들이 있는지 영어로 알아볼까요?

Upcycling Designer
업사이클링 디자이너

Upcycling Designer는 '폐기물을 아름다운 제품으로 만드는 사람'이에요. upcycling(새 활용)은 화학적으로 가공하지 않아 recycling(재활용)보다 환경친화적이지요.

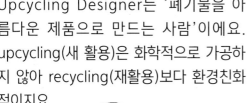

Information Security Expert 정보 보호 전문가

Information Security Expert는 '국가나 기업, 개인의 사이버 보안을 책임지는 사람'이에요. information(정보), security(보호), expert(전문가)라는 세 단어가 합쳐져서 만들어졌어요.

3주 5일
학습 끝!

붙임 딱지 붙여요.

Data-Scientist
데이터 과학자

Data-Scientist는 '여러 가지 데이터(정보)를 분석하여 의미 있는 결과를 찾아 주는 사람'이에요. 통신 기술이 발달하고 정보의 양이 늘어남에 따라 데이터 과학자의 역할이 날로 커지고 있어요.

QR 찍고 발음 듣기

지나친 욕심을 경계하는 말 '소탐대실'

소탐대실(작을 소 小, 탐할 탐 貪, 큰 대 大, 잃을 실 失): 작은 것을 탐하다가 큰 것을 잃는다는 의미예요.

이 소식은 곧 촉나라 왕의 귀에 들어갔어요.

황금 똥을 누는 소가 있다니!

이때 진나라에서 보낸 사신이 찾아왔어요.

두 나라 사이에 길을 내 주시면, 황금 똥 누는 소를 보내드리겠습니다.

그럼 나도 황금을 갖게 되겠군! 당장 길을 만들라!

전하, 그것은 안 됩니다!

결국 두 나라 사이에 큰길이 놓였어요.

이 길로 황금 똥 누는 소가 오겠구나!

하지만 길을 따라온 것은 진나라 군대였지요.

이럴 수가, 내가 속았구나!

으악!

공격하라!

이처럼 작은 것을 탐하다가 큰 것을 잃는 것을 '소탐대실'이라고 해요.

허허, 설마 했는데 진짜로 걸려들다니!

하하하

토잉이와 함께
끝까지 해 보자고!

PART 3

PART3에서는 소리나 뜻이 비슷해서
헷갈리기 쉬운 낱말들을 비교하며 배워요.

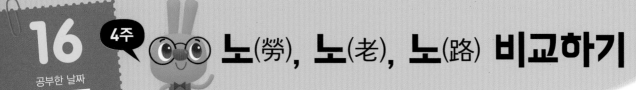

불로 소득 不勞 所得

불로초 不老草

노동 勞動 labor

노령화 老齡化

노고 勞苦

경로 우대 敬老 優待

勞
일할 로/노
work

노

老
늙을 로/노
old

路 road
길 로/노

통로 通路 passage

경로 經路

회로 回路

도로 道路 road

진로 進路

고가 도로

고속 도로

1 예준이가 우체국에 가려고 해요. '길'이라는 뜻이 담긴 낱말을 따라가서 우체국을
찾아가 보세요.

2 초성 힌트를 참고해서 설명하는 낱말을 써 보세요.

① 일을 하지 않고 얻는 이익

ㅂ	ㄹ	ㅅ	ㄷ

---

② 사람을 늙지 않게 만든다는 풀

ㅂ	ㄹ	ㅊ

---

③ 땅 위로 높이 세워 만든 길

ㄱ	ㄱ	ㄷ	ㄹ

불로 소득 vs 불로초

不(아니 불/부) 勞(일할 로/노)
所(바 소) 得(얻을 득)
不(아니 불/부) 老(늙을 로/노)
草(풀 초)

불로 소득은 일하지(일할 로/노, 勞) 않고(아니 불/부, 不) 얻은 소득을 말해요. 예를 들어 아파트나 가게를 빌려주고 월세를 받거나 은행에 저금을 하고 이자를 받는 경우 등을 말하지요. 똑같이 '불로'가 들어가는 **불로초**는 먹으면 늙지 않고 아주 오래 살 수 있다는 풀이에요. 옛날 중국 진나라의 시황제가 불로초를 찾기 위해 엄청난 노력을 했다는 이야기가 유명해요.

경로 우대 vs 경로

敬(공경할 경) 老(늙을 로/노)
優(넉넉할 우) 待(기다릴 대)
經(지날/글 경) 路(길 로/노)

경로 우대는 노인을 공경하는 마음으로 특별히 대우한다는 뜻이에요. 우리나라에서는 노인을 공경하는 생각인 '경로사상'을 바탕으로 여러 가지 '경로 우대제'를 시행하고 있어요. 반면 지나는 길을 뜻하는 **경로**도 있어요. '자동차의 이동 경로', '운송 경로'처럼 쓰지요. 또 어떤 일이 진행되는 방법이나 순서를 말하기도 해요. 이때는 '감염 경로'처럼 써요.

노동

勞(일할 로/노) 動(움직일 동)

사람이 생활에 필요한 돈이나 물건을 얻기 위해 일하는 것을 **노동**이라고 해요. 몸을 직접 움직여서 일하는 것을 '육체노동'이라고 하고, 학자처럼 주로 두뇌를 써서 일하는 것을 '정신노동'이라고 해요.

노고

勞(일할 로/노) 苦(괴로울 고)

노고는 힘을 많이 들여 수고하고 애를 썼다는 뜻이에요. 노고에 대해 칭찬하는 걸 '노고를 치하한다.'라고 해요.

노령화

老(늙을 로/노) 齡(나이 령/영)
化(될/변화할 화)

노령화는 65세 이상의 노인 인구가 늘어나 인구의 평균 연령이 증가하는 현상이에요. 비슷한말로 '고령화'가 있어요. 0~14세 유소년 인구에 비해 65세 이상 노인 인구가 얼마나 되는지 보는 비율은 '노령화 지수'라고 해요.

도로

道(길 도) 路(길 로/노)

도로는 사람, 자동차, 자전거 등이 다닐 수 있도록 만든 길이에요. 자동차가 빨리 달릴 수 있도록 만든 도로는 '고속 도로', 기둥 같은 것을 세워 높은 곳에 만든 도로는 '고가 도로'라고 해요.

통로/회로

通(통할 통) 路(길 로/노) 回(돌 회)

통로는 사람이나 차, 또는 의사소통이나 거래가 오갈 수 있도록 만든 길이에요. **회로**는 되돌아오는 길을 뜻하기도 하고, 전류가 흐르는 통로인 '전기 회로'를 뜻하기도 해요. 그리고 '진로'는 앞으로 나아갈 길로, 이루고 싶은 꿈을 이야기할 때도 많이 써요.

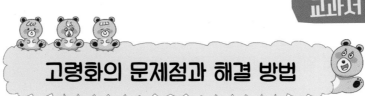

고령화의 문제점과 해결 방법

'고령화'란 노인 인구가 차지하는 비중이 커지고 있다는 뜻이에요. 경제와 의료가 발달하면서 사람의 수명은 늘어나고 있어요. 그런데 그에 비해 새로 태어나는 사람의 수가 늘지 않아 고령화가 되지요. 고령화로 인해 어떤 문제가 발생하는지, 또 해결 방안은 어떤 것이 있는지 살펴보아요.

1. 고령화의 문제점

- 일을 해야 할 젊은이들이 부족해서 경제 발전이 더뎌요. 또한 세금을 충분히 걷지 못해 국민을 위한 복지를 늘릴 수가 없어요.
- 노인들의 가난, 질병, 주택 문제 등을 해결하는 데 돈이 많이 들어요. 노인을 위한 복지 제도가 충분하지 않으면 노인들이 고통을 받을 수 있어요.

2. 고령화 문제의 해결 방법

- 아기를 많이 낳을 수 있도록 출산을 장려해요. 젊은 인구가 많아지면 산업이 활발해지고 국가는 세금을 많이 걷을 수 있어 복지 정책을 늘릴 수 있어요.
- 노인을 위한 시설과 의료 지원, 일자리 창출 등 노인 복지 정책을 늘려요.
- 노인들은 우리나라가 발전할 수 있도록 애쓰신 분들이에요. 노인을 공경하는 마음을 갖고 노인들이 사회 곳곳에서 활동할 수 있도록 도와요.

1 ( ) 안에서 알맞은 낱말을 골라 ○ 하세요.

① 옛날 사람들은 먹으면 죽지 않는 (불로 소득 / 불로초)이/가 있다고 믿었어요.

② 마을로 들어가는 (도로 / 진로)가 새로 포장되었어요.

③ 장군은 병사들의 (경로 / 노고)를 크게 치하했어요.

④ 그 젊은이는 공사 현장에서 (노동 / 회로)을/를 하면서 보람을 느꼈어요.

2 밑줄 친 글자가 '일하는 것'을 의미하면 ○, '늙음'을 의미하면 □, '길'을 의미하면 △로 표시하세요.

노동자   통로   노령화

3 속뜻짐작 설명하는 낱말을 찾아 ( ) 안에 번호를 써 보세요.

(1) 길거리를 밝히기 위해 설치한 등 ( )

(2) 등산을 하는 길 ( )

(3) 자동차, 기차, 비행기 같은 교통수단이 일정한 두 지점을 정기적으로
　오가는 길 ( )

① 가로등   ② 노선   ③ 종로   ④ 등산로

북한에서 쓰는 말은 우리가 쓰고 있는 말과 비슷하면서도 달라요.
우리말과 차이 나는 북한 말을 알아보아요.

우리나라에서는 나이가 들어 늙은 사람을 '노인'이라고 해요. 그런데 북한에서는 '로인'이라고 하지요. 우리는 '늙을 로/노(老)' 자를 '노'로 편하게 발음하지만 북한에서는 '로'를 그대로 사용해서 '로인'이라고 해요. '일할 로/노(勞)' 자가 들어간 '노동자'도 북한에서는 '로동자'라고 해요. 북한에서는 편리성보다는 글자 그대로의 발음을 중시해서 바꾸지 않는다고 해요. 아래 표를 보면서 우리말과 북한 말을 비교해 보세요.

4주 I일
학습 끝!

붙임 딱지 붙여요.

〈 글자 차이: ㄴ과 ㄹ 〉

한국어	낙원	내일	노동	노력	노고
북한어	락원	래일	로동	로력	로고
한자	樂園	來日	勞動	勞力	勞苦

〈 글자 차이: ㅇ과 ㄴ 〉

한국어	여자	여성	요소	연세	염두
북한어	녀자	녀성	뇨소	년세	념두
한자	女子	女性	尿所	年歲	念頭

〈 글자 차이: ㅇ과 ㄹ 〉

한국어	양심	역사	요리	예절	유학
북한어	량심	력사	료리	례절	류학
한자	良心	歷史	料理	禮節	留學

정(定), 정(正), 정(政) 비교하기

정의 定義
definition

정의 正義
justice

정오 正午

자정 子正

정각 正刻

고정 固定
fixed

定
정할 정
decide

正
바를 정
right

정

결정 決定
decision

政 govern
정사 정

정당 正當

정부 政府
government

정당 政黨
party

중앙 정부 지방 정부

정변 政變

1 가운데 칸에 적힌 뜻풀이에 해당하는 낱말을 각 줄 양쪽 칸에서 찾아 ○ 하세요.

낱말	뜻풀이	낱말
정의(定義)	어떤 말이나 사물의 뜻이 무엇인지 정하여 놓음.	정의(正義)
정의(正義)	진리에 맞아서 마땅히 행해야 할 바른 도리	정의(定義)
정오	낮 열두 시	오전
오후	밤 열두 시	자정
정상	정확히 바로 그 시각	정각
고정	한번 정한 상태에서 변경하지 않음.	가정
결과	행동이나 태도를 확실하게 정함.	결정
정당(政黨)	정치적 의견이 같은 사람들이 정치적 목표를 이루기 위해 만든 단체	정당(正當)
정당(正當)	올바르고 마땅함.	정당(政黨)
법원	나라의 살림을 맡아보는 기관	정부
정변	혁명이나 무력 등의 합법적이지 않은 방법으로 생긴 정치상의 큰 변동	정보

정의 vs 정의
定(정할 정) 義(옳을 의)
正(바를 정) 義(옳을 의)

'우정의 정의가 뭐니?'라고 물으면 우정의 뜻을 묻는 거예요. 이처럼 정의는 '정할 정(定)' 자를 써서 어떤 말이나 사물의 뜻을 분명하게 정해 놓는 걸 뜻해요. 하지만 '정의를 지키자.'라고 할 때 정의는 '바를 정(正)' 자를 쓰는데, 사람이 살아가면서 마땅히 지켜야 할 바른 도리를 뜻하지요.

정당 vs 정당
正(바를 정) 當(마땅할 당)
政(정사 정) 黨(무리 당)

정당을 만들자.

'정당한 주장'에서 정당은 이치에 맞아 올바르고(바를 정, 正) 마땅한(마땅할 당, 當) 거예요. 소리가 같은 말로, '정사 정(政)' 자에 '무리 당(黨)' 자를 쓰는 정당이 있어요. 이 정당은 정치적 생각이 같은 사람들이 모여 정치적 목표를 이루기 위해 만든 단체이지요.

고정
固(굳을 고) 定(정할 정)

고정은 한번 정한 상태에서 변하지 않는(굳을 고, 固) 것을 말해요. 잘 변하지 않는 생각을 부정적으로 표현할 때 '고정 관념'이라고 해요. '고정'과 같은 말로 변하지(변할 변, 變) 않는다는 뜻을 가진 '불변'이 있어요. 이를 강조하는 말로 '고정불변'이 있지요.

결정
決(결단할 결) 定(정할 정)

결정은 어떤 일에 대한 행동이나 태도를 분명하게(결단할 결, 決) 정하는 거예요. '의사 결정', '결정을 따르다.'처럼 써요. 비슷한말로, 어떻게 하기로 마음을 분명하게 정하는 '결심'이 있어요.

정오/자정
正(바를 정) 午(낮 오) 子(아들 자)

예전에는 하루를 열둘로 나누어서 각각 이름을 붙였어요. 그중 아침 11시~낮 1시를 '오시'라고 했어요. 그래서 오시의 한가운데인(바를 정, 正) 낮 12시를 정오라고 하지요. 밤 11시~1시는 '자시'라고 했어요. 자정은 자시의 한가운데인 밤 12시이지요. '바로 그 시각'을 뜻하는 말은 '정각'이에요. '정각 2시'처럼 시각을 나타내는 말과 함께 써요.

정변
政(정사 정) 變(변할 변)

정변은 혁명이나 무력 등 법에 어긋난 방법을 통해 일어나는 정치적인(정사 정, 政) 큰 변동(변할 변, 變)을 말해요. 고려 시대에 무신들이 무력을 써서 왕을 내쫓고 정권을 장악한 사건을 '무신 정변'이라고 하지요.

정부
政(정사 정) 府(관청 부)

정부는 나라의 살림을 맡아 하는 기관이에요. 넓은 의미로는 한 나라의 통치 기구 전체를 뜻하기도 하고, 좁은 의미로는 행정부만 의미하기도 하지요. 지방 자치를 실시하는 나라는 나라 살림을 통틀어 관리하는 '중앙 정부'와 지역 살림을 관리하는 '지방 정부'가 있어요.

중앙 정부

지방 정부 지방 정부

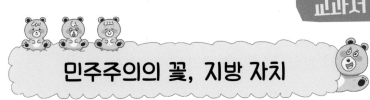

민주주의의 꽃, 지방 자치

'지방 자치 제도'는 지역 주민이 그 지역의 살림을 직접 운영하게 하는 제도예요. 민주주의의 가장 대표적인 제도이지요. 한 나라에 중앙 정부와 국회가 있듯이, 각 지방에도 지방 정부와 지방 의회가 있어요. 각각 어떤 역할을 하는지 살펴볼까요?

〈 중앙 정부와 국회 〉

중앙 정부 중앙 정부는 나라 전체의 살림을 맡아 하는 기관이에요. 중앙 정부는 국회에서 만든 법률에 따라 나라를 운영하고, 지방 정부를 지원하지요. 중앙 정부가 맡은 일은 복잡하고 다양해서 각 분야에 따라 부와 처로 나누어 일을 해요. 중앙 정부의 수장은 대통령이고, 그 밑에 국무총리와 각 부의 장관들이 있어요.

▲ 중앙 정부와 국회

국회 국민의 뜻을 대표하는 국회 의원으로 이루어진 기관이에요. 법을 정하고, 예산을 결정하는 일을 해요. 또 정부가 하는 일을 감시하는 역할을 하지요.

〈 지방 정부와 지방 의회 〉

▲ 지방 정부와 지방 의회

지방 정부 각 지역은 크게 특별시, 도, 광역시로 나누고, 다시 작게 구, 시, 군으로 나누어요. 각 지역마다 도청, 시청, 구청, 군청 같은 작은 정부가 있어서, 그 대표인 도지사, 시장, 구청장, 군수 등을 그 지역 주민들의 투표로 뽑아요. 지방 정부는 세금을 거둬 그 지역의 살림을 하고, 부족할 경우 중앙 정부의 지원을 받기도 해요.

지방 의회 지방 의회는 도 의회, 시 의회, 구 의회, 군 의회 등이 있으며, 지방 의회의 의원도 주민들의 투표로 뽑아요. 법을 정하고 중앙 정부를 감시하는 국회처럼, 지방 의회도 여러 가지 규정을 만들고 지방 정부를 감시하는 일을 해요.

1 ( ) 안에서 알맞은 낱말을 골라 ○ 하세요.

① 나는 (정당 / 결정)한 권리를 요구했어요.

② 선물 받은 액자를 벽에 (고정 / 자정)했어요.

③ 그 학자는 미래 사회에 대해 새로운 (정의 / 정부)를 내렸어요.

2 대화 속 '정의'에 쓰인 '정(正)' 자가 쓰이지 않은 문장을 고르세요. ( )

오늘 본 영화, 너무 재미있었지?

응. 악당에 맞서 **정의**를 지키는 영웅이 진짜 멋졌어.

① 반칙하지 말고 **정당**하게 경기하세요.

② 오늘 밤 11시 **정각**에 별똥별을 볼 수 있을 거라고 했어요.

③ 나는 매일 **정오**에 점심을 먹어요.

④ 군사 **정변** 이후 지방 자치 제도는 중단되고 말았어요.

3 속뜻 짐작 낱말의 뜻을 찾아 선으로 이어 보세요.

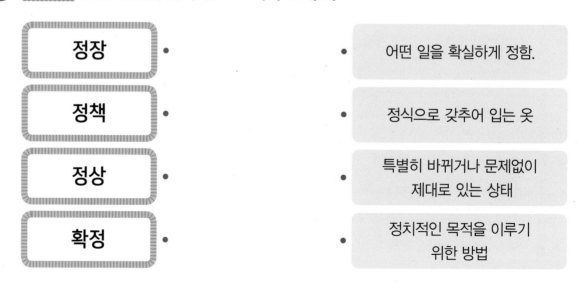

정장	•	•	어떤 일을 확실하게 정함.
정책	•	•	정식으로 갖추어 입는 옷
정상	•	•	특별히 바뀌거나 문제없이 제대로 있는 상태
확정	•	•	정치적인 목적을 이루기 위한 방법

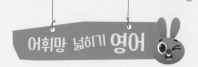

대한민국의 대표적인 국가 기관은 행정부(정부), 입법부(국회), 사법부(법원)예요. 이 세 기관을 영어로는 어떻게 표현할까요?

government

government는 '정부'를 말해요. 국가의 살림을 맡아서 하는 곳이죠. 정부에는 교육부, 환경부 같은 부서들이 있어요. 그 부서들의 대표를 '장관'이라고 하는데, 영어로는 minister라고 불러요.

4주 2일
학습 끝!

붙임 딱지 붙여요.

National Assembly

National Assembly는 '국회'를 뜻하는 단어예요. 법을 만들고 정부가 하는 일을 살피는 역할을 해요. 국회를 대표하는 국회 의원은 '국회 의장'으로 chairman이라고 해요. '국회 의원'은 member of the National Assembly예요.

judiciary

judiciary는 '사법부'란 뜻이에요. 사법부는 법에 따라 재판을 여는 모든 법원을 가리키는 말이에요. 법원에서 판결을 하는 '판사'는 judge라고 해요. 최고의 법원은 '대법원'인데, 영어로는 Supreme Court라고 불러요.

QR 찍고 발음 듣기

소리가 같은 말 구분하기

의사
醫(의원 의) 師(스승 사)

> 의사에게 처방전을 받았다.
> 내 꿈은 의사가 되는 것이다.

'의원 의(醫)' 자와 '스승 사(師)' 자가 합쳐진 의사는 일정한 자격을 가지고 병을 고치는 일을 하는 사람이에요. 주로 서양 의술과 양약으로 병을 고쳐요. 이와 달리 한의술과 한약으로 병을 고치는 사람은 '한의사'라고 하지요.

의사
義(옳을 의) 士(선비 사)

> 안중근 의사 기념관에 갔다.
> 윤봉길 의사가 행사장에 폭탄을 던졌다.

'옳을 의(義)' 자에 '선비 사(士)' 자가 합쳐진 의사는 나라와 민족을 위하여 몸을 바쳐 의로운 일을 한 사람이에요. 일제 강점기처럼 나라가 위기에 빠진 시기에 수많은 의사들이 목숨을 걸고 나라를 위해 헌신했어요.

의사
意(뜻 의) 思(생각 사)

> 이번 일은 내 의사와 상관없이 결정되었다.
> 네 의사를 확실히 말해라.

'뜻 의(意)' 자와 '생각 사(思)' 자가 합쳐진 의사는 무엇을 하고자 하는 생각을 뜻해요. '의견', '의도'와 비슷한말이지요. 사람들과 잘 어울려 지내기 위해서는 의사소통이 중요한데, '의사소통'은 가지고 있는 생각이나 뜻이 서로 통하는 것을 말해요.

소리가 같은 말을 잘 들어 봐!

왜 그렇게 우수에 찬 표정으로 있어?

이번 시험 성적이 너무 우수해서 반 아이들에게 미안해.

뭐?!

우수
優(넉넉할 우) 秀(빼어날 수)

우수 작품 전시회가 열렸다.
우수한 기술이 세계에서 인정받았다.

'넉넉할 우(優)' 자에 '빼어날 수(秀)' 자를 합친 우수는 여럿 가운데서 뛰어나고 빼어난 것을 뜻해요. '우수한 성적을 받다.', '우수 도서'처럼 쓰지요. 우수하다고 인정하며 주는 상을 '우수상'이라고 하고, 여럿 가운데 가장(가장 최, 最) 뛰어난 것은 '최우수'라고 해요. 또 '한글의 우수성', '우리 민족의 우수성'이란 말을 종종 듣곤 하는데, '우수성'은 우수한 특성을 뜻해요.

우수
憂(근심 우) 愁(근심 수)

우수에 찬 눈빛으로 창밖을 보았다.
그 사람은 지금 우수에 잠겨 있다.

우수는 '근심 우(憂)' 자에 '근심 수(愁)' 자가 합쳐져 근심과 걱정을 아울러 이르는 말로, 시름에 빠진 마음 상태나 분위기를 나타내요. 주로 문학 작품에서 쓰이는데, '우수에 찬 얼굴', '우수가 서린 눈빛', '우수에 잠기다.', '우수에 젖다.', '우수를 머금다.'처럼 다양한 표현이 있지요.

소리가 같은 말을
잘 들어 봐!

창의적 사고력을
기르려면 보통 사람과
다르게 생각해야지.

가만히 있어도
밥을 먹여 주는 기계!

쿵쾅
쿵쾅

으악!

또 사고를
쳤구나.

사고
事(일 사) 故(연고 고)

> 어제 교통사고가 났다.
> 오늘은 사고를 치지 않을 것이다.

'일 사(事)' 자와 '연고 고(故)' 자가 합쳐진 사고는 뜻밖에 일어난 불행한 일, 또는 사람에게 해를 입혔거나 말썽을 일으킨 나쁜 짓 등을 가리키는 말이에요. 사고 앞에 관련된 낱말을 붙여서 '교통사고', '비행기 사고', '뺑소니 사고'처럼 써요. 그리고 누군가 말썽을 일으키면 흔히 '사고를 치다.'라고 말하지요. 늘 사고나 말썽을 일으키는 사람은 '사고뭉치'라고 해요.

사고
思(생각 사) 考(상고할 고)

> 그 친구는 사고의 폭이 넓다.
> 부모님은 개방적인 사고를 가지고 계시다.

'창의적인 사고'라는 말을 종종 들어 보았지요? 여기서의 사고는 '생각 사(思)' 자에 '상고할 고(考)' 자를 합친 말로, 생각하고 궁리하는 거예요. 또 '깊은 사고력', '논리적 사고력'처럼 많이 쓰이는데, '사고력'은 이치에 맞게 생각하고 궁리하는 힘(힘 력/역, 力)을 뜻해요. 사고와 비슷한말로 어떤 것에 대해 깊이 생각하는 '사색'과 대상에 대해 두루 생각하는 '사유'가 있어요.

악수
握(잡을 악) 手(손 수)

친구와 **악수**했다.
선생님은 아이들 모두에게 **악수**를 청했다.

악수는 '잡을 악(握)' 자와 '손 수(手)' 자가 합쳐진 말로 인사나 감사, 화해 등의 뜻을 나타내기 위해 두 사람이 각자 한 손을 마주 내어 잡는 일을 말해요. 악수는 원래 서양식 인사법으로, 옛날 유럽에서 낯선 사람끼리 만났을 때 자신의 손에 무기가 없음을 나타내기 위해 빈손을 서로 맞잡았던 것에서 시작되었다고 해요. 악수에도 지켜야 할 예절이 있어요. 악수는 오른손으로 하고, 윗사람이 아랫사람에게 청하며, 여자가 남자에게 청해야 하지요.

악수
惡(악할 악) 手(손 수)

그 바둑 기사는 **악수**를 두어 지고 말았다.
그런 **악수**를 두다니, 그 사람답지 않다.

'악할 악(惡)' 자에 '손 수(手)' 자를 더한 **악수**는 바둑이나 장기에서 잘못 두는 나쁜 수를 의미해요. 바둑이나 장기에서는 한 수만 잘못 두어도 흐름을 빼앗겨 패하는 경우가 많지요. 그렇게 결정적으로 잘못 둔 나쁜 수를 악수라고 해요. 악수는 일상생활에서 잘못된 선택이나 결정을 비유적으로 말할 때도 써요. 악수 외에 꼼수, 강수, 무리수, 승부수 등의 낱말도 모두 바둑 용어에서 온 것이지요.

1 밑줄 친 낱말의 뜻을 찾아 빈칸에 번호를 써 보세요.

나라를 위해 희생한
의사들을 잊지 않겠어.

의사 선생님이 병을
진찰하고 있어요.

민지는 편지를 써서
자신의 **의사**를 전달했어요.

① 의사(醫師): 일정한 자격을 가지고 병을 고치는 일을 하는 사람

② 의사(義士): 나라와 민족을 위하여 몸을 바쳐 의로운 일을 한 사람

③ 의사(意思): 무엇을 하고자 하는 생각

2 밑줄 친 낱말의 뜻을 찾아 선으로 이어 보세요.

가을은 **우수**에 잠기기 쉬운 계절이에요.

여럿 가운데 뛰어난 것을
의미하는 말이에요.

학교 백일장 대회에서 **우수상**을 받았어요.

근심과 걱정에
잠기는 것을 말해요.

3 '사고'가 같은 의미로 사용된 문장끼리 선으로 이어 보세요.

요즘에는 종합적인 **사고**력을 요구하는 문제가 늘어나고 있다. •

• 이번에 또 **사고**를 치면 엄마께 엄청 혼날 거야.

고속 도로에서 일어난 교통**사고**로 길이 매우 막히고 있다. •

• **사고**의 폭이 좁으니 해결책을 찾을 수가 없지.

4 '악수'가 그림 속 '악수'와 같은 뜻으로 쓰인 문장을 골라 보세요. (　　　)

오랜만에 만난 친구들은 서로 **악수**를 나누었어요.

① 생각할 시간이 부족했던 형은 결국 **악수**를 두고 말았어요.

② 그 선택은 **악수**가 되었어요.

③ **악수**하는 데에도 예의가 있어요.

④ 중요한 선택의 순간에 **악수**를 두지 않도록 조심해야 해요.

4주 3일 학습 끝! 붙임 딱지 붙여요.

5 주어진 낱말을 활용하여 짧은 글을 지어 보세요.

의사(意思) --------------------------------

우수(憂愁) --------------------------------

악수(惡手) --------------------------------

헷갈리는 말 살피기

지향
志(뜻 지) 向(향할 향)

우리는 평화 통일을 **지향**한다.
그 사람은 출세 **지향**적이다.

지향은 '뜻 지(志)' 자와 '향할 향(向)' 자가 합쳐진 말로 뜻이 향하는 방향을 의미해요. 또 목표를 향해 마음이 쏠리는 것, 또는 그렇게 하려는 의지도 뜻하지요. 예를 들어 '미래 지향'은 과거보다는 미래를 위해 더 많은 노력을 기울이는 것이에요. 그런데 '지향'은 경우에 따라서 부정적인 의미를 나타내기도 해요. 예를 들어 '출세 지향'은 높은 지위에 오르거나 권력을 갖고 싶어 하는 마음인데, 특히 자신의 출세만을 위해 행동하는 것을 가리키지요.

지양
止(그칠 지) 揚(떨칠 양)

평화를 위해 분쟁을 **지양**해야 한다.
남 탓하는 걸 **지양**하고 자신을 되돌아보자.

지양은 '그칠 지(止)' 자에 '떨칠 양(揚)' 자가 합쳐진 말로 더 높은 단계로 가기 위하여 어떤 것을 하지 않는 거예요. 단순히 하지 않는다는 의미가 아니라 한층 더 높은 단계로 오르기 위해 어떤 것을 벗어나거나 피한다는 뜻이지요. 즉, 그 행동이나 일을 하지 않음으로써 더 발전을 이룰 수 있을 때 '지양'이란 낱말을 사용해요.

1 대화에서 잘못 쓰인 낱말을 찾아 ○ 하고, 바르게 고쳐 보세요.

(틀린 낱말)

↓

(바른 낱말)

2 빈칸에 들어갈 낱말을 찾아 선으로 연결해 보세요.

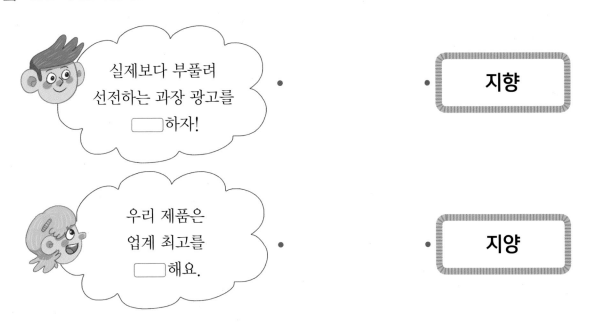

3 ( ) 안에서 알맞은 낱말을 골라 ○ 하세요.

① 늦게 자고 늦게 일어나는 습관은 (지향 / 지양)하는 것이 좋아요.

② 그 사람은 자신의 이익만 생각하는 출세 (지향 / 지양)적인 사람이에요.

③ 동물 보호 단체가 (지향 / 지양)하는 목표는 더불어 살아가는 세상이에요.

무난
無(없을 무) 難(어려울 난)

예선을 무난하게 통과했다.
예지는 성격이 무난하다.

무난은 특별한 어려움(어려울 난, 難)이 없는(없을 무, 無) 것을 뜻해요. '입학 시험을 무난하게 통과했어요.'처럼 쓰지요. 무난은 이렇다 할 단점이나 흠잡을 데가 없다는 뜻도 있어서, '그 청바지에는 흰색 티셔츠가 무난하게 어울린다.'라고 말하기도 해요. 또한 무난은 성격이 까다롭지 않고 너그럽다는 뜻으로도 쓰여요. '그 친구는 성격이 무난해서 사람들과 잘 어울려요.'처럼 말하지요.

문안
問(물을 문) 安(편안할 안)

할아버지께 문안을 올려라.
아저씨께 문안 인사를 드렸다.

문안은 웃어른께 편안하게(편안할 안, 安) 잘 지내는지 그렇지 않은지를 여쭙는(물을 문, 問) 인사예요. 웃어른께 하는 인사이기 때문에 보통 '드리다, 올리다'라는 표현과 함께 쓰지요. 문안이 들어간 낱말인 '병문안'은 아픈 사람을 찾아가서 위로해 주는 일을 뜻해요. 한편 웃어른을 포함해 어떤 사람이 편안하게 잘 지내는지 아닌지를 묻는 일은 '안부'예요. '안부 전화', '안부 인사를 전하다.'처럼 쓰지요.

1 두 사람의 대화를 읽고, (   ) 안에서 알맞은 낱말을 골라 ○ 하세요.

그래도 그 친구 성격이 (무난 / 문안)해서 무척 반가워하던걸.

병(무난 / 문안)을 늦게 와서 미안하더라고.

2 다음 문장에서 쓰인 '무난'의 의미를 풀어서 적어 보세요.

내가 세웠던 목표를 **무난**하게 이룰 수 있을 거야.

그 정도면 결혼식에 참석하기에 **무난**한 옷인 것 같아.

명수는 성격이 **무난**한 편이라 친구들과 사이가 좋아.

133

혼동
混(섞을 혼) 同(한가지 동)

꿈과 현실을 혼동하다.
먹는 배와 타는 배를 혼동하지 말아라.

혼동은 '섞을 혼(混)' 자와 '한가지 동(同)' 자가 합쳐진 말로, 서로 다른 것을 제대로 구별하지 못하고 뒤섞어서 생각하는 거예요. '두 사람은 쌍둥이처럼 닮아서 볼 때마다 혼동된다.', '공과 사를 혼동하면 안 된다.', '조원들의 이름을 혼동해 부른다.'처럼 쓸 수 있지요. '헷갈리다'나 '착각하다'와 뜻이 비슷해요.

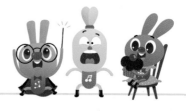

혼돈
混(섞을 혼) 沌(어두울 돈)

전쟁 직후 나라가 혼돈에 빠졌다.
폭설로 도시가 혼돈스러워졌다.

혼돈은 마구 뒤섞여(섞을 혼, 混) 있어서 갈피를 잡을 수 없는 상태(어두울 돈, 沌)를 말해요. 혼동이 두세 가지가 헷갈리는 정도를 일컫는다면, 혼돈은 많은 것이 뒤죽박죽되어 혼란스러운 상태이지요. 예를 들어, '쿠데타가 일어나 온 도시가 혼돈에 빠졌다.', '갑자기 큰일을 당해 머릿속이 혼돈스럽다.'처럼 써요. 또 혼돈은 신화에서 말하는 하늘과 땅이 아직 나누어지기 전의 상태를 가리키기도 해요. 비슷한말로 '카오스'가 있어요. 카오스는 그리스어에서 온 말로 우주가 발생하기 전의 상태, 즉 복잡하고 질서가 없으며 불규칙한 상태를 가리켜요.

1 밑줄 친 낱말의 뜻을 찾아 선으로 이어 보세요.

전쟁은 끝났지만 나라는
여전히 **혼돈**에 빠져 있었다.

제대로 구별하지 못하고
뒤섞어서 생각하는 것

감기와 독감은 다른 질병인데
서로 **혼동**하는 경우가 많다.

마구 뒤섞여 있어서
갈피를 잡을 수 없는 상태

2 대화에서 잘못 쓰인 낱말을 찾아 ○ 하고, 바르게 고쳐 보세요.

4주 4일
학습 끝!

붙임 딱지 붙여요.

(틀린 낱말) ⬛⬛⬛ ➡ (바른 낱말) ⬛⬛⬛

3 밑줄 친 낱말이 잘못 쓰인 것을 골라 보세요. (   )

① 할머니는 언니와 나를 아직도 **혼동**하신다.

② 하늘과 땅이 나누어지기 전의 상태를 **혼돈**이라고 한다.

③ 다양한 정치적 주장들로 국정은 **혼돈**에 빠졌다.

④ 세상이 **혼동**스럽다고 아무렇게나 살면 안 된다.

앞뒤에 붙는 말 알아보기

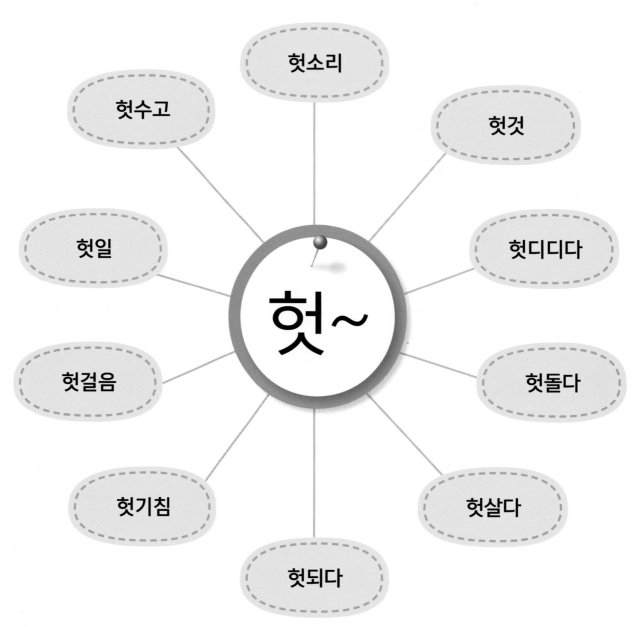

헛소리

헛수고

헛것

헛일

헛디디다

헛~

헛걸음

헛돌다

헛기침

헛살다

헛되다

1 빈칸에 알맞은 글자를 써 보세요.

	☐ ☐	은/는 알맹이가 되는 내용이 없고 믿음이 가지 않는 말이에요.
헛	☐	은/는 노력한 보람도 없이 쓸모없게 된 일이에요.
	☐ ☐	은/는 아무 결과를 얻지 못하고 애만 쓴 거예요.
	☐ ☐	은/는 오고 간 목적을 이루지 못한 거예요.
	☐ ☐	은/는 아무 보람이나 이익도 없다는 뜻이에요.
	☐ ☐ ☐	은/는 발을 잘못 디딘다는 뜻이에요.

2 낱말 판에서 설명에 알맞은 낱말을 찾아 ○ 하세요.

무	나	어	헛	것
시	낙	관	돌	음
계	헛	살	다	비
불	기	투	여	구
로	침	양	밤	도

(헛, 것에 ○ 표시됨)

예 착각으로, 없는데 있는 것처럼 보이거나 다른 것으로 보이는 물건

① 사람이 있는 척을 하거나 목청을 가다듬기 위해 일부러 내는 기침

② 해야 할 일을 못하고 제자리에서 헛되이 돌다.

③ 사람으로서 해야 할 일을 하지 못하고 살고 있다.

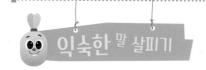

헛수고
헛+수고

'헛~' 자는 낱말 앞에 붙어 '이유 없는, 보람 없는'의 뜻을 더해요. 헛수고는 아무 보람을 얻지 못한 채 애만 쓴 것을 뜻해요. 비슷한 말로 아무 보람 없이 고생한 것을 뜻하는 '헛고생'이 있어요.

헛소리
헛+소리

헛소리는 제대로 된 내용이 없고, 미덥지 않은 말이에요. 혹은 사람이 정신을 잃은 상태에서 중얼거리는 말을 뜻하기도 하지요. '헛소리를 늘어놓다.', '열에 들떠 헛소리를 하다.'처럼 써요. 비슷한말로 '군소리'가 있어요.

헛것
헛+것

헛것은 보람을 얻지 못하고 쓸데없이 한 노력으로, '헛것이 되다.'처럼 써요. '헛일'과 같은 뜻이지요. 또 헛것은 착각해서 물건을 잘못 보는 것을 뜻하기도 해서, '헛것을 보았다.'처럼 써요.

헛디디다
헛+디디다

걷거나 뛰다가 발을 잘못 디뎠을 때 헛디디다라고 해요. '발을 헛디뎌서 넘어졌다.', '밤에는 발을 헛디디지 않게 조심해라.', '헛디디면 물에 빠져.'처럼 써요.

헛돌다
헛+돌다

헛돌다는 바퀴나 뚜껑 등이 제자리에서 헛되이 움직이는 거예요. 자동차가 진흙탕에 빠져서 나오지 못하고 바퀴만 제자리에서 도는 모습을 '바퀴가 헛돌다.'라고 하지요.

헛살다
헛+살다

헛살다는 사람으로서 마땅히 해야 할 일을 다하지 못하고 지내는 것을 말해요. 또한 누릴 수 있는 것을 누리지 못하는 것을 뜻하기도 해요. 예를 들어, '여행 한 번 못 가 보고 헛살았다.'처럼 쓸 수 있어요.

헛되다
헛+되다

헛되다는 아무 보람이나 이익이 없다는 뜻이에요. '헛된 노력', '헛된 약속'처럼 써요. '헛되다'는 '헛된 소문'에서처럼 허황돼서 믿을 수 없는 일을 가리키기도 하지요.

헛기침
헛+기침

헛기침은 기침이 나오지 않는데 일부러 하는 기침이에요. 사람이 있다는 것을 넌지시 알려 주고 싶을 때, 또는 노래하거나 말하기 전에 목을 가다듬기 위해 헛기침을 해요.

헛걸음
헛+걸음

누군가를 만나러 갔는데 그 사람을 만나지 못하고 돌아왔을 때 '헛걸음했다.'라는 표현을 써요. 이처럼 헛걸음은 어떤 목적을 이루지 못하고 쓸데없이 가거나 오는 수고를 한 경우를 말해요.

헛일
헛+일

헛일은 보람을 얻지 못하고 쓸데없이 한 노력을 뜻해요. '태풍으로 일 년 농사가 헛일이 되었다.'처럼 쓰지요. 같은 뜻을 가진 낱말로 '헛것', '허사'가 있어요.

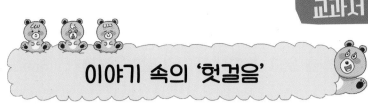

이야기 속의 '헛걸음'

'헛걸음'은 쓸데없이 헛수고만 하고 가거나 온 경우를 말해요. 헛걸음에 대한 대표적인 두 이야기를 통해서 헛걸음의 의미를 되짚어 보아요.

거짓말로 마을 사람들을 헛걸음시킨 양치기 소년

어느 날 양을 돌보던 소년이 거짓말로 "늑대가 나타났다."라고 외쳤어요. 그 소리를 들은 마을 사람들은 깜짝 놀라 소년과 양을 구하려고 달려왔지만, 늑대는 없었고 사람들은 헛걸음만 했어요. 거짓말에 재미를 붙인 소년은 장난을 반복했고, 그때마다 헛걸음을 한 사람들은 더 이상 소년을 믿지 않았지요. 결국 진짜 늑대가 나타났을 때, 소년은 아무 도움도 받지 못해 양들이 늑대에게 잡아먹히고 말았답니다.

헛되지 않은 세 번째 걸음, 삼고초려

〈삼국지〉에 나온 이야기예요. 유비는 지혜가 뛰어난 제갈량을 책사(전략을 짜는 사람)로 삼기 위해 그를 찾아갔어요. 하지만 제갈량은 집에 없었고, 유비는 두 번이나 헛걸음만 하고 돌아갔지요. 그 후 유비는 세 번째로 제갈량을 찾아갔고, 마침내 그 마음에 감동한 제갈량은 유비의 신하가 되었어요.

1 두 친구의 대화를 읽고, 빈칸에 들어갈 낱말을 찾아 ○ 하세요.

왜 이렇게 힘이 없어 보이니?

어제 잠을 못 잤더니 [   ]이 보이네.

| 헛걸음 | 헛것 | 헛일 | 헛기침 |

2 밑줄 친 '헛' 자의 뜻이 다른 하나를 고르세요. (   )

① 발을 **헛**디디는 바람에 발목을 다쳤어.

② 배 속이 **헛**헛했는데 밥을 먹고 나니 좀 나아졌어.

③ 오늘 비가 올 줄 알고 우산을 들고 왔는데, 비가 안 와서 **헛**수고만 했네.

④ 자꾸 엉뚱하게 **헛**소리하면 나 그냥 갈 거야.

3 속뜻짐작 밑줄 친 낱말의 뜻을 찾아 선으로 이어 보세요.

어이가 없어서 **헛웃음**만 나왔어. •

• 보람도 없이 고생만 함.

이런 실수를 하다니, 나이를 **헛먹었어**. •

• 마음에 없는 웃음이나 어이가 없어서 나오는 웃음

길을 잘못 들어서 **헛고생**을 했지 뭐야. •

• 나이 같은 것을 보람 없이 먹음.

'헛'이 붙은 단어들은 '보람 없는, 이유 없는, 잘못된' 등의 의미를 갖고 있어요.
이런 뜻이 들어 있는 영어 표현을 함께 알아보아요.

in vain

in vain은 '허사가 되어, 헛되이'라는 뜻이에요. '허무하게, 부질없이'의 뜻으로도 사용할 수 있어요. be in vain은 '보람이 없다', work in vain은 '헛된 노력을 하다'라는 뜻이에요.

물 위에 그림을 그리는 건 헛된 일이군.

all for nothing

all for nothing은 단어의 뜻 그대로 해석하면 '아무것도 아닌 것을 위한 모든 것'이에요. in vain과 같이 '헛수고, 아무 소용없음'을 뜻하지요.

여기가 아니네…….

4주 5일 학습 끝!

붙임 딱지 붙여요.

It's like a bottomless pit.

'It's like a bottomless pit.' 역시 '헛수고하다.'라는 말이에요. pit은 '구멍'을 뜻하는 단어이고 bottomless는 '바닥이 없다'라는 뜻이에요. 단어의 뜻 그대로 해석하면 '바닥이 없는 구멍과 같다', 즉 '밑 빠진 독에 물 붓기'라는 말이지요.

QR 찍고 발음 듣기

조선 선조 때 임진왜란이 일어났어요.

왜, 왜놈들이 쳐들어온다!

큰일 났다!

전하, 왜놈들이 쳐들어왔다 하옵니다. 어서 피란을 가셔야 합니다.

뭐라고? 왜놈들이!

궁궐을 놔두고 하루아침에 피란 신세라니!

선조는 피란을 떠났어요.

쏴아아

피란지에서는 수라상이 매우 초라했어요.

이것밖에 먹을 것이 없단 말이냐?

딱한 소식을 듣고 한 어부가 '묵'이라는 물고기를 선조에게 바쳤어요.

근처에 사는 어부가 물고기를 가져왔사옵니다.

도루묵: 바닷물고기의 이름이에요. '말짱 도루묵'이란 표현이 자주 쓰이는데, 아무 소득 없는 헛된 일이나 헛수고를 뜻해요.

선조는 이 물고기를 맛있게 먹었어요.

잘 먹었다.

이 물고기의 이름이 무엇이냐?

'묵'이라고 합니다.

이렇게 맛있는 물고기가 '묵'이라니 어울리지 않는구나. '은어'라는 이름을 내리노라.

은..은어요?

전쟁이 끝나 궁궐로 돌아온 선조는 피란길에 먹었던 은어가 생각났어요.

은어가 먹고 싶구나.

올리라 하겠사옵니다.

하지만 다시 먹어 보니 옛날의 그 맛이 아니었지요.

이거 맛이 왜 이래? 피란지에서 먹었던 그 맛이 아니잖아!

에이! 도로 '묵'이라 불러라!

이렇게 '도루묵'이란 말이 생겨났어요. 그 이후, 하던 일이 헛수고가 됐을 때 '말짱 도루묵'이라 말하게 되었지요.

143

〈세 마리 토끼 잡는 초등 어휘〉 D단계 1권 정답 및 해설

1주 13쪽 먼저 확인해 보기

1.

1주 16쪽 속뜻 짐작 능력 테스트

1. ① 유골, ② 골재, ③ 환골탈태

2. ①
'골절'은 뼈(뼈 골, 骨)가 부러지는(꺾을 절, 折) 것을 말해요. '골내다', '골나다'는 비위에 거슬리거나 마음이 언짢아서 성을 내는 것을 뜻하지요.

3. 골다공증
'골다공증'은 우리말로 '뼈엉성증'이라고 해요. 뼈(뼈 골, 骨)의 무기질과 단백질이 줄어들어 뼈 속에 구멍(구멍 공, 孔)이 많이(많을 다, 多) 생겨서 뼈가 약해지는 병(증세 증, 症)이에요.

1주 19쪽 먼저 확인해 보기

1.

					①대	
	①비	행	②기		기	능
			회		실	
		③위				④동
③농	기	계			④시	기
			⑤투	⑤기		
				구		

1주 22쪽 속뜻 짐작 능력 테스트

1. ①

2. ③
'대기실', '기회', '시기'에서의 '기' 자는 '베틀/기계 기(機)' 자를 써요. 반면 '도자기'에서는 그릇, 도구 등을 통틀어 일컫는 '그릇 기(器)' 자를 쓰지요.

3.

'기밀'은 드러내서는 안 되는 중요한 비밀을 의미해요. '기내'는 비행기 안을 뜻하는 말이지요.

1주 25쪽 먼저 확인해 보기

1.

1주 28쪽 속뜻 짐작 능력 테스트

1.
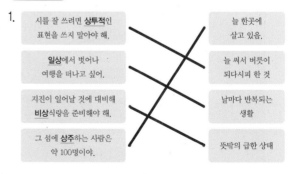

2. ① 상비약, ② 상시, ③ 상식

144

3. 상록수

'상록수'는 사철 내내(항상 상, 常) 잎이 푸른(푸를 록/녹, 綠) 나무(나무 수, 樹)를 뜻해요. 이 외에 '상온'은 외부 온도의 변화와 상관없이 늘 일정한 온도를 뜻하거나 자연 그대로의 온도를 가리켜요. '상태'는 보통 때의 모양이나 형편을 뜻하고, '상용'은 일상적으로 쓴다는 말이에요.

1주 31쪽 먼저 확인해 보기

1.

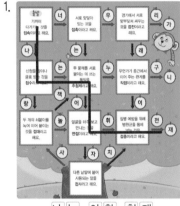

나 는 어 휘 천 재

가까이(가까울 근, 近) 다가가는 것을 '접근'이라고 해요. 두 물체를 서로 붙이는(붙을 착, 着) 데 쓰는 물질을 '접착제', 무언가가 중간에서(사이 간, 間) 이어 주는 관계는 '간접', 두 개의 쇠붙이를 녹여(녹일 용, 鎔) 이어 붙이는 것을 '용접'이라고 하지요.

1주 34쪽 속뜻 짐작 능력 테스트

1.

2. (1) ③, (2) ②, (3) ①, (4) ④
3. 인접
  '이웃 린/인(鄰)' 자에 '이을 접(接)' 자를 합친 '인접'은 이웃하여 있거나 옆에 닿아 있음을 의미해요.

1주 37쪽 먼저 확인해 보기

1.

1주 40쪽 속뜻 짐작 능력 테스트

1. ①
  '의욕', '고의', '주의'에서 쓰인 '의'는 '뜻 의(意)' 자로 '생각, 뜻'을 나타내요. '의무'는 '옳을 의(義)' 자를 써서 사람으로서 마땅히 해야 할 일, 맡은 직분을 뜻하지요.
2. 창의
  '발명'은 아직까지 없던 물건을 새로 생각해 만들어 내는 거예요. 따라서 새로운 것을 생각해 내는 '창의'와 함께 쓰는 것이 어울려요.

3.

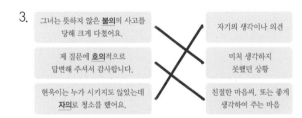

'불의'는 미처 생각(뜻 의, 意)하지 않았던(아니 불/부, 不) 상황을 의미해요. '불의의 사건', '불의의 사고' 등으로 써요. '좋을 호(好)' 자를 쓰는 '호의'는 친절한 마음, 또는 좋게 생각해 주는 마음을 말하지요. '호의를 보이다.', '호의를 베풀다.' 등으로 써요. '자의'는 자기(스스로 자, 自)의 생각이나 의견을 뜻해요. '자의로 차에서 내리다.', '자의 반 타의 반으로 공부하다.' 등으로 쓰지요.

2주 45쪽 먼저 확인해 보기

1.

2주 48쪽 속뜻 짐작 능력 테스트

1. (1) ①, (2) ②

2. ②

'제헌절', '관제탑', '강제'에서의 '제' 자는 '절제할/만들 제(制)' 자를 써요. '제사'는 조상에게 음식을 바치고 정성을 나타내는 의식으로, '제사 제(祭)' 자를 쓰지요.

3. 신분 제도

2주 51쪽 먼저 확인해 보기

1.

① 수료, ② 수교, ③ 수정, ④ 수식어, ⑤ 수학여행

2.
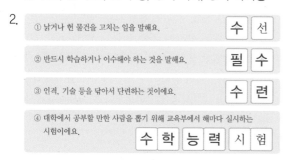

2주 54쪽 속뜻 짐작 능력 테스트

1.
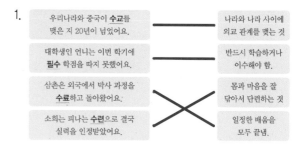

2. ① 수식어, ② 수선, ③ 수리

3. 재수

'재수'는 한 번 배웠던 학과 과정을 다시(두 재, 再) 배우는(닦을 수, 修) 것을, '이수'는 해당 학과를 순서대로 공부하여 마치는 것을 뜻해요.

2주 57쪽 먼저 확인해 보기

1.

2주 60쪽 속뜻 짐작 능력 테스트

1. ① 사정, ② 표정, ③ 정세, ④ 냉정

2.

3. 모정

'모정'은 자식에 대한 어머니의 사랑(뜻 정, 情)이고, '부정'은 아버지의 사랑이에요. '무정'은 쌀쌀맞고 인

정이 없는(없을 무, 無) 것을, '비정'은 따뜻한 정이나 인간미가 없는(아닐 비, 非) 것을 뜻해요.

2주 63쪽 먼저 확인해 보기

1.

2주 66쪽 속뜻 짐작 능력 테스트

1.
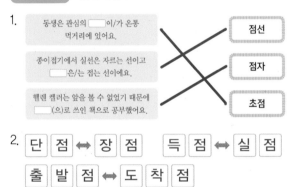

동생은 관심의 ☐이/가 온통 먹거리에 있어요.

종이접기에서 실선은 자르는 선이고 ☐은/는 접는 선이에요.

헬렌 켈러는 앞을 볼 수 없었기 때문에 ☐(으)로 쓰인 책으로 공부했어요.

점선
점자
초점

2.

단 점 ⟷ 장 점   득 점 ⟷ 실 점
출 발 점 ⟷ 도 착 점

3. 흑점

'흑점'은 천문학에서 말하는 태양 흑점을 가리키는 말이에요. 그리고 한자 그대로 검은(검을 흑, 黑) 점(점점, 點)을 가리키기도 해요. '흑점을 빼다.'처럼 쓰지요. 또한 흠이나 결점, 오점을 의미할 때도 있어요.

2주 69쪽 먼저 확인해 보기

1.

① 지금의 시간 — 현 재

② 공부에 도움이 되는 곳을 직접 찾아가서 하는 학습 — 현 장 학 습

③ 국가에서 발행하는 지폐나 동전 — 현 금

④ 어떤 대상이나 사물이 지금 있는 곳 — 현 지

⑤ 중국의 사막에서 바람에 날려 올라간 모래가 다시 내려오는 현상 — 황 사 현 상

⑥ 생각이나 느낌을 언어나 몸짓 등으로 나타내는 것 — 표 현

⑦ 꿈이나 희망 등을 실제로 이루는 것 — 실 현

2. (1) ②, (2) ③, (3) ④

2주 72쪽 속뜻 짐작 능력 테스트

1. ④
'현지', '현재', '실현'에서 '현' 자는 '나타날 현(現)' 자를 써서 '지금, 실제, 나타난다'는 뜻이 담겨 있어요. '현악기'에서 '현' 자는 '줄 현(絃)' 자를 써서 줄 있는 악기인 바이올린, 첼로 같은 악기를 말해요.

2.

병	목	현	상	지
윤	비	가	계	도
리	혁	상	동	력
채	시	현	상	사
서	이	실	로	명

① 가상 현실 , ② 병목 현상
'가상 현실'은 현실이 아닌데(거짓 가, 假) 실제처럼 보이게 하는 가짜 현실이고, '병목 현상'은 도로가 병의 목처럼 갑자기 좁아져서 길이 막히는 현상이에요.

3. ① 현직, ② 현물, ③ 재현
'현직'은 현재(나타날 현, 現)의 직업(직분/벼슬 직, 職) 또는 직무를 의미해요. '현물'은 지금(나타날 현, 現) 있는 물건(물건 물, 物) 또는 돈 이외의 물품을 뜻하지요. '재현'은 다시(두 재, 再) 나타나는(나타날 현, 現) 것을 뜻하는 말이에요.

3주 79쪽 먼저 확인해 보기

1.

'초선'은 선거에서 처음으로 뽑히는 거예요. 처음에 먹은 마음은 '초심'이에요. '초기'는 정해진 기간의 첫 무렵이고, 끝 무렵은 '말기'예요. 온몸에 퍼져 있는 신경은 '말초 신경'이지요.

3주 82쪽 속뜻 짐작 능력 테스트

1. ③

2. ①, ③, ④

3.

'초등'은 '처음 초(初)' 자와 '무리 등(等)' 자가 합쳐져 차례가 있는 데서 맨 처음 등급을 뜻해요. '말미'는 '끝 말(末)' 자와 '꼬리 미(尾)' 자가 합쳐져 사물의 맨 끄트머리를 뜻하지요.

3주 85쪽 먼저 확인해 보기

1.
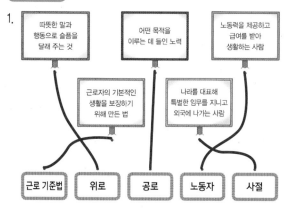

2.

① 일을 많이 해서 몸과 마음이 지치고 힘든 상태 — 피 로

② 임금의 명령을 받고 외국에 사절로 가던 신하 — 사 신

③ 노동자를 고용하고 그에 대한 보수를 주는 사람 — 사 용 자

④ 조선 시대에 일본에 외교 업무를 보기 위해 가던 사신 — 통 신 사

3주 88쪽 속뜻 짐작 능력 테스트

1.

피 로　　사 명 감　　천 사

'피로'는 많은 일을 해서 몸과 마음이 지치고 힘든 상태를 말해요. '사명감'은 맡겨진 임무를 잘 해내려고 하는 마음가짐이고, '천사'는 하늘에서 인간 세계로 내려와 신의 뜻을 전달한다고 여겨지는 존재이지요.

2.

'노동자'는 노동력을 제공하고 받은 임금으로 생활하는 사람이고, '사용자'는 노동자를 고용하고 노동자에게 보수를 지급하는 사람이에요. '통신사'는 조선 시대에 일본에 보내진 외교 사절단이고, '근로 기준법'은 근로자의 기본적인 생활을 보장하기 위해 만든 법이에요.

3.
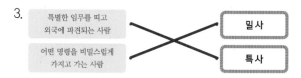

특별한 임무를 띠고 외국에 파견되는 사람 — 밀사
어떤 명령을 비밀스럽게 가지고 가는 사람 — 특사

'특사'란 특별한(특별할 특, 特) 임무를 띠고 파견되는 사절(하여금 사, 使)을, '밀사'는 남몰래(빽빽할 밀, 密) 보내는 사신(하여금 사, 使)을 뜻해요. '빽빽할 밀(密)' 자에는 '몰래'라는 의미도 들어 있어요.

3주 91쪽 먼저 확인해 보기

1.

3주 94쪽 속뜻 짐작 능력 테스트

1. ① 손실, ② 설득, ③ 터득, ④ 이득
2. ④
   '분실물', '실업', '실망'에서의 '실' 자는 '잃을 실(失)' 자를 써요. '거실'에서는 '집 실(室)' 자를 쓰지요.
3. 자업자득
   '자업자득'은 자기(스스로 자, 自)가 저지른 일(일 업, 業)의 결과를 자기(스스로 자, 自)가 받는(얻을 득, 得) 것을 뜻해요. '소탐대실'은 작은 것에 욕심을 부리다가 큰 것을 잃는다는 말이고, '일거양득'은 한 가지 일을 하여 두 가지 이익을 얻는 것을 말하지요. '득의양양'은 뜻한 바를 이루어 우쭐거리며 뽐낸다는 뜻이에요.

3주 97쪽 먼저 확인해 보기

1.

2.
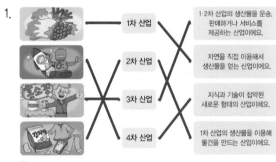

자연을 이용해 필요한 물건을 얻거나 생산하는 농업, 어업, 목축업 등의 산업을 (1)이라고 해요.

자연에서 얻은 자원으로 새로운 물건을 생산하는 산업을 (2)이라고 해요.

공장이나 기업에서 생산된 물품을 소비자에게 판매하거나 각종 서비스를 제공하는 산업을 (3)이라고 해요.

정보 통신, 의료, 교육 등 지식과 기술이 뭉쳐서 이루어지는 새로운 형태의 산업을 (4)이라고 해요.

3주 100쪽 속뜻 짐작 능력 테스트

1.

2. ②
3.

실	버	산	업

'실버산업'은 노인을 위한 상품을 만들거나 의료, 복지 시설을 세우는 산업을 통틀어 이르는 말이에요.

3주 103쪽 먼저 확인해 보기

1.
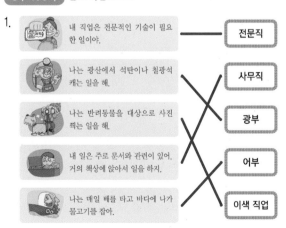

2. 미래 직업

3주 106쪽 속뜻 짐작 능력 테스트

1. (1) ④, (2) ②, (3) ①, (4) ③

2. 이색 직업

'도그워커(dog-walker)'는 말 그대로 개(dog)를 산책 시키는 사람(walker)이에요.

3.

4주 113쪽 먼저 확인해 보기

1.

2.

4주 116쪽 속뜻 짐작 능력 테스트

1. ① 불로초, ② 도로, ③ 노고, ④ 노동

2.

'노동자'는 노동력(일할 로/노, 勞)을 제공하고 임금을 받아 생활해 나가는 사람이에요. '통로'는 어딘가로 통하여 다니는 길(길 로/노, 路)을 말하지요. '노령화'는 전체 인구 중에서 노인(늙을 로/노, 老) 인구가 차지하는 비율이 늘어나는 것을 말해요.

3. (1) ①, (2) ④, (3) ②

'노선'은 '길 로/노(路)' 자에 '줄 선(線)' 자가 합쳐진 낱말로, '버스 노선', '지하철 노선', '비행기 노선' 등으로 쓰여요. 또한 일정한 목표를 이루기 위한 견해나 활동 방침을 나타낼 때도 사용해요.

4주 119쪽 먼저 확인해 보기

1.
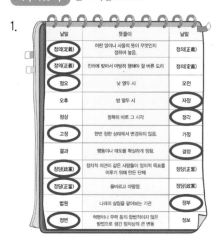

4주 122쪽 속뜻 짐작 능력 테스트

1. ① 정당, ② 고정, ③ 정의

'정당'은 이치에 맞아 올바르고(바를 정, 正) 마땅한(마땅할 당, 當) 것을 말해요. '고정'은 한번 정한 상태에서 변하지 않는 것을 뜻해요. 또 한곳에 꼭 붙어 있게 하는 것을 뜻하기도 하지요. '정의'는 어떤 말이나 사물의 뜻을 분명히 밝혀서 정해(정할 정, 定) 놓은 것을 말해요.

2. ④

'정당', '정각', '정오'는 모두 '바를 정(正)' 자가 쓰인 낱말이에요. '정변'은 '정사 정(政)' 자를 써요.

3.
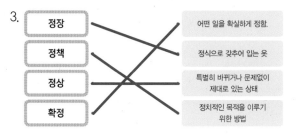

4주 128쪽 속뜻 짐작 능력 테스트

1.

나라를 위해 희생한 의사들을 잊지 않겠어.
2

의사 선생님이 병을 진찰하고 있어요.
1

민지는 편지를 써서 자신의 의사를 전달했어요.
3

2.
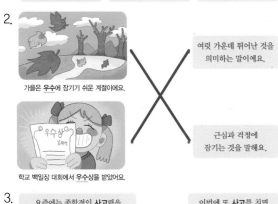

가을은 우수에 잠기기 쉬운 계절이에요.

여럿 가운데 뛰어난 것을 의미하는 말이에요.

학교 백일장 대회에서 우수상을 받았어요.

근심과 걱정에 잠기는 것을 말해요.

3.
요즘에는 종합적인 **사고**력을 요구하는 문제가 늘어나고 있다.

이번에 또 **사고**를 치면 엄마께 엄청 혼날 거야.

고속 도로에서 일어난 교통**사고**로 길이 매우 막히고 있다.

사고의 폭이 좁으니 해결책을 찾을 수가 없지.

4. ③
인사, 감사, 화해 등의 뜻을 나타내기 위해 두 사람이 한 손을 마주 내어 잡는(잡을 악, 握) 것을 '악수'라고 해요. 소리가 같은 말로, 바둑이나 장기에서 잘못(악할 악, 惡) 두는 나쁜 수를 뜻하는 '악수'가 있지요.

5.
의사(意思) 예 이모는 그 남자와 결혼할 의사가 전혀 없어요.

우수(憂愁) 예 철호는 우수에 젖은 눈으로 창밖을 내다보았어요.

악수(惡手) 예 좋은 방법이라고 생각했던 것이 악수가 되고 말았다.

'의사(뜻 의 意, 생각 사 思)'는 무엇을 하고자 하는 생각이나 뜻을, '우수(근심 우 憂, 근심 수 愁)'는 근심과 걱정에 잠긴 것을 뜻해요. '악수(악할 악 惡, 손 수 手)'는 바둑이나 장기에서 잘못 둔 수를 뜻하는 말로, 잘못된 선택이나 결정을 가리키기도 해요.

4주 131쪽 속뜻 짐작 능력 테스트

1.

(틀린 낱말)
지양
↓
(바른 낱말)
지향

'지향'은 목표를 이루기 위해 그렇게 하려는 의지를 가리켜요. 반면 '지양'은 어떤 것을 하지 않는 거예요.

2.
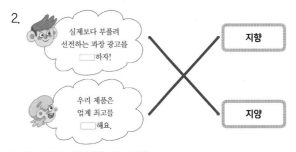

실제보다 부풀려 선전하는 과장 광고를 □하자!

우리 제품은 업계 최고를 □해요.

지향

지양

3. ① 지양, ② 지향, ③ 지향

4주 133쪽 속뜻 짐작 능력 테스트

1.

2.
내가 세웠던 목표를 **무난**하게 이룰 수 있을 거야.
예 특별한 어려움이 없는 것을 뜻해요.

그 정도면 결혼식에 참석하기에 **무난**한 옷인 것 같아.
예 이렇다 할 단점이나 흠잡을 데가 없다는 뜻이에요.

명수는 성격이 **무난**한 편이라 친구들과 사이가 좋아.
예 까다롭지 않고 너그러운 성격을 뜻해요.

4주 135쪽 속뜻 짐작 능력 테스트

1.

전쟁은 끝났지만 나라는 여전히 **혼돈**에 빠져 있었다.	──╳──	제대로 구별하지 못하고 뒤섞어서 생각하는 것
감기와 독감은 다른 질병인데 서로 **혼동**하는 경우가 많다.		마구 뒤섞여 있어서 갈피를 잡을 수 없는 상태

2.

(틀린 낱말) **혼돈** ➡ (바른 낱말) **혼동**

3. ④

어떤 사물이나 현상, 상태를 서로 구별하지 못하고 헷갈리는 것을 '혼동하다'라고 해요. 여러 가지가 마구 뒤섞여서 구별되지 않는 상태는 '혼돈'이라고 하지요. 혼동이 두세 가지가 헷갈리는 정도의 뜻이라면, 혼돈은 많은 것들이 뒤죽박죽이 되어 혼란스러운 상태를 뜻해요.

4주 137쪽 먼저 확인해 보기

1.

헛

소 리	은/는 알맹이가 되는 내용이 없고 믿음이 가지 않는 말이에요.
일	은/는 노력한 보람도 없이 쓸모없게 된 일이에요.
수 고	은/는 아무 결과를 얻지 못하고 애만 쓴 거예요.
걸 음	은/는 오고 간 목적을 이루지 못한 거예요.
되 다	은/는 아무 보람이나 이익도 없다는 뜻이에요.
디 디 다	은/는 발을 잘못 디딘다는 뜻이에요.

2.

무	나	어	헛	것
시	낙	관	돌	음
계	헛	살	다	비
불	기	투	여	구
로	침	양	밤	도

① 헛기침, ② 헛돌다, ③ 헛살다

4주 140쪽 속뜻 짐작 능력 테스트

1. 헛것
착각을 일으켜 물건을 잘못 보았을 때 '헛것을 보다.'라고 해요.

2. ②
'헛헛하다'는 배 속이 빈 듯한 느낌 혹은 채워지지 않는 허전한 느낌을 뜻하는 말이에요.

3.

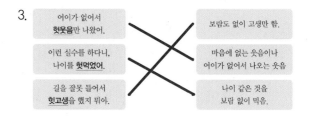

어이가 없어서 **헛웃음**만 나왔어.		보람도 없이 고생만 함.
이런 실수를 하다니, 나이를 **헛먹었어**.	╳	마음에 없는 웃음이나 어이가 없어서 나오는 웃음
길을 잘못 들어서 **헛고생**을 했지 뭐야.		나이 같은 것을 보람 없이 먹음.